UNE

MAISON DE PARIS.

OUVRAGES DE M. ÉLIE BERTHET.

Le Colporteur et la croix de l'affut.... .... 2 vol. in-8.
Le Chevalier de Clermont............................. 2 vol. in-8.
Justin et l'Andorre................................... 2 vol. in-8.
Richard le fauconnier................................ 2 vol. in-8.
La mine d'or.. 2 vol. in-8.
Le Braconnier....................................... 2 vol. in-8.
La belle drapière.................................... 2 vol. in-8.
La ferme de l'oseraie................................ 2 vol. in-8.
La fille du Cabanier................................. 2 vol. in-8.
Le château de Montbrun.............................. 5 vol. in-8.
Le pacte de famine........ .... 2 vol. in-8.
La maison de Paris.................................. 5 vol. in-8.

SOUS PRESSE.

Paul Duvert.. 2 vol. in-8.
Le château d'Auvergne .... 2 vol. in-8.
L'incendiaire de l'Aveyron........................... 2 vol. in-8.
Le cadet de Normandie. .... 2 vol. in-8.

Corbeil, imprimerie de CRÉTÉ.

UNE

MAISON

DE PARIS

PAR ÉLIE BERTHET.

3

PARIS

PASSARD, LIBRAIRE-ÉDITEUR

9, RUE DES GRANDS-AUGUSTINS.

◁—▷

1848

CHAPITRE XXXV.

XXXV

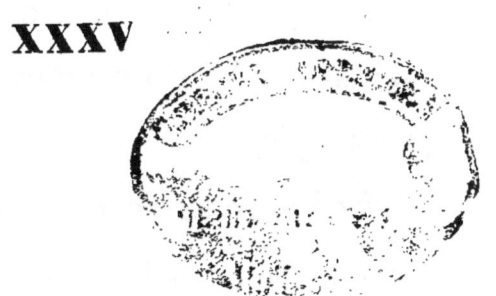

Ce fut seulement une heure après cette terrible scène que mademoiselle Bambriquet sortit de son évanouissement, et, en rouvrant les yeux, elle resta quelques instants encore dans une morne apathie qui ressem-

blait à un demi-sommeil. L'appartement
était toujours plongé dans une profonde obscurité et aucun bruit ne se faisait entendre;
elle crut d'abord avoir fait un songe affreux;
cependant peu à peu la mémoire lui revint.
Son premier sentiment fut encore un sentiment de terreur; elle songeait que le malfaiteur pouvait ne pas s'être éloigné, et elle
n'osait ni faire un mouvement ni pousser
un soupir.

Enfin, rassurée par le calme qui régnait
autour d'elle, elle se leva avec effort et alla
ouvrir l'un des volets de la fenêtre; des flots
de lumière pénétrèrent aussitôt dans le salon
qui était dans le plus grand désordre. Les
meubles étaient épars et renversés, et une
foule de papiers importants qu'avait conte-
nus le bureau jonchaient le plancher; le

bureau lui-même était resté ouvert et laissait voir des sacs et des piles d'écus que le voleur avait négligé de prendre, satisfait sans doute des valeurs plus portatives en or et en billets de banque dont il s'était emparé.

Une circonstance du vol était surtout remarquable : la porte du salon ne présentait aucune trace de fracture, et, sans la serrure de sûreté, l'ouverture de la caisse n'eût présenté non plus aucune difficulté, car la serrure ordinaire avait été ouverte sans doute au moyen d'une fausse clef. Ce fait eût pu donner seul à la jeune fille la pensée que le crime avait été commis d'intelligence avec quelque personne de la maison, si d'autres circonstances ne lui eussent indiqué clairement d'où le coup était parti. La présence de Joli-Cœur dans la rue, où il semblait faire

le guet, l'insistance que Lapiquette avait mise
le jour même à entraîner Bambriquet loin
de chez lui, cette fenêtre du jardin qui n'a-
vait pu être laissée ouverte qu'à dessein, le
signal qui s'était fait entendre au dehors,
tout prouvait que la gouvernante et ses affreux amis s'étaient concertés pour dépouil-
ler l'aveugle Bambriquet. D'ailleurs Élisa
avait parfaitement reconnu le son de voix du
principal auteur du vol : c'était l'odieux personnage qu'on avait présenté chez son père
sous le nom de capitaine Saint-Julien.

En se confirmant dans la pensée qu'elle
connaissait les coupables, la jeune fille se
demanda s'il était prudent de jeter l'alarme
dans la maison, comme elle en avait eu l'intention dans un premier mouvement. D'a-
bord certaines paroles énigmatiques du mal-

faiteur pouvaient faire supposer que Bambriquet ne verrait pas volontiers la justice
intervenir dans ses affaires; et puis qui pouvait prévoir si le vieillard, toujours porté à
l'indulgence pour sa perfide gouvernante,
ne croirait pas devoir tenir secret l'événement dont il était la victime? Enfin à quoi
eût servi d'appeler au secours? Le mal était
fait et irréparable; et la seule personne qui
eût pu accourir aux cris d'Élisa eût été la
bavarde portière dont les plaintes et les
protestations eussent été parfaitement inutiles pour le moment.

Mademoiselle Bambriquet se détermina
donc à garder le silence et à attendre le retour de son père, afin qu'il pût choisir la
conduite qu'il voudrait tenir, soit rigueur,
soit clémence. Quant à elle, au milieu de

ces cruelles émotions qui se succédaient coup
sur coup, elle ne perdait pas de vue le motif
de sa venue dans la maison paternelle, et
elle se demandait si cet événement n'allait
pas compromettre encore davantage la cause
de ses amis. Si le soir même elle ne parve-
nait à fléchir Bambriquet, ils étaient perdus; et, cependant, comment oserait-elle
demander à son père de négliger d'importants intérêts, au moment où il se verrait dépouillé par des scélérats d'une partie de sa
fortune?

Pendant qu'elle s'abandonnait a ces tristes
réflexions, ses regards se promenaient machinalement sur les papiers de toutes sortes
qui étaient épars sur le plancher. Parmi ces
papiers il y avait plusieurs liasses assez vo-
lumineuses, dont chacune semblait avoir

trait à une affaire particulière et portait une suscription en gros caractères. A ses pieds était un paquet plus considérable que tous les autres, et que le malfaiteur avait jeté à terre lorsqu'il fouillait le bureau. Le nom du prince de Z..., écrit de la main de son père sur la couverture, attira son attention ; elle s'en saisit avidement et l'ouvrit.

Cette liasse contenait les titres de créances, les jugements, enfin toutes les pièces qui concernaient la dette du prince. C'étaient ces formidables paperasses qui devaient conférer le lendemain à un obscur huissier le pouvoir de chasser de sa demeure héréditaire le descendant de tant d'illustres personnages.

Élisa laissa tomber une larme sur ce lugubre paquet, et elle chercha autour d'elle si elle n'apercevait pas le dossier qui intéres-

sait Salviac. Elle le reconnut en effet, grâce
à la souscription, et elle s'assura que, comme
le premier, il contenait tous les titres originaux de créance; puis elle les plaça l'un et
l'autre sur la table en face d'elle, et elle retomba dans sa rêverie.

— Non, non, dit-elle enfin, en portant la
main à son front, comme pour chasser quelque idée importune, mon père se laissera fléchir ! le malheur qui l'accable le rendra plus
compatissant au malheur des autres ; les
soupçons qui s'attachent à cette indigne ser-
vante neutraliseront les efforts qu'elle voudrait faire pour me nuire... et d'ailleurs je
le prierai tant ! je lui montrerai tant d'affection
et de respect !

Tout en parlant, sa main s'était appuyée
sur une lettre tout ouverte et inachevée qui

était sur la table. Élisa reconnut encore la grosse et lourde écriture de Bambriquet, et il était sans doute en train d'écrire lorsque la gouvernante était venue l'arracher à ses occupations pour l'entraîner à la promenade. Cette lettre semblait adressée à un homme d'affaires, et elle devait accompagner l'envoi des papiers. Malgré les fautes d'orthographe et les étranges erreurs de mots dont elle était remplie, la jeune fille lut à peu près ce qui suit :

« J'espère, monsieur, que cette fois tout « est en règle ; aussi je vous défends d'accor-« der le moindre délai, ou je vous enlèverai « ma pratique, et vous savez qu'elle est « bonne. Pas de ménagements pour ces gens-« là ; je vous rendrai responsable de tout re-« tard ; il faut que demain Salviac soit coffré

« et que l'hôtel soit mis en vente... Quand
« je devrais y perdre toute ma fortune, il
« faut que je me venge de ces deux hommes-
« là, contre qui j'ai une dent. Menez-les ron-
« dement et ne me demandez plus de grâce
« pour eux, car je vous jure bien que per-
« sonne au monde ne pourrait me faire re-
« noncer à mes projets. »

La lettre s'arrêtait là, mais la jeune fille
en savait assez; elle était sûre maintenant
que ses instances seraient inutiles. Elle se
leva brusquement et elle se promena dans la
salle d'un air égaré :

— Que faire ! murmura-t-elle ; il faut
pourtant que je les sauve ! je l'ai promis...

Elle resta un moment silencieuse, puis
tout à coup elle courut vers la cheminée,
dans une agitation fébrile; elle écarta les

cenders et ranima le feu du foyer puis, saisissant les deux liasses à la fois, elle les lança
sur la flamme qui commençait à s'élever.

Cela s'était fait sans hésitation, sans réflexion, comme si Élisa eût eu peur d'elle-
même en en calculant la portée. Tant que les
nombreuses pièces de procédure brûlèrent,
elle resta debout et immobile devant la cheminée, suivant avec une attention étrange les
progrès de la combustion : une sorte d'enthousiasme se montrait sur son visage et
brillait dans ses yeux.

— Ils ont été généreux pour moi ! disait-
elle avec égarement : ce prince si noble et si
fier, il m'a offert sa main, il a voulu me donner
son titre et son nom, à moi, fille d'un homme
qu'il hait et qu'il méprise ! Et cette bonne et
généreuse Cécile, elle a été mon amie, ma

protectrice, elle m'a secourue quand j'étais désespérée... eh bien, nous sommes quittes, maintenant ! Pour eux j'anéantis une fortune entière et je brave la colère de mon père !

Les papiers étaient consumés ; elle se couvrit les yeux d'une main et elle retomba dans son fauteuil, épouvantée de ce qu'elle avait fait.

Il ne restait aucun doute à la jeune fille, dans son ignorance des formes légales, que la destruction de ces titres et de ces actes de procédure n'eût mis à jamais ses amis à l'abri de toute atteinte ; elle avait obéi, comme nous l'avons dit, à une impulsion vive, puissante, irrésistible, supérieure à toute réflexion. Cependant, lorsque son exaltation fiévreuse se fut un peu calmée, elle commença à envisager sous un apect différent le parti

énergique qu'elle avait pris. Ses sentiments
généreux pour le prince, pour Salviac et sa
famille ne l'avaient-ils pas emportée trop
loin ? En mettant son père dans l'impossibilité d'exercer ses droits faute de titres, sur
deux débiteurs importants, ne se pouvait-il
pas qu'elle eût gravement compromis le
bien-être et la tranquillité du vieillard ? On
disait, il est vrai, que Bambriquet était im-
mensément riche, mais qui pouvait l'affirmer si ce n'est lui ? Les pertes énormes qu'il
venait de faire en une seule journée n'al-
laient-elles pas entraîner sa ruine ? Puis
quand elle songeait à l'épouvantable colère
dont il serait saisi, s'il venait à savoir comment elle avait frustré sa vengeance longue-
ment méditée, elle tressaillit d'effroi. Elle
avait eu trop souvent à souffrir des indomp-

tables violence de son père pour ne pas se
faire une idée exacte de la haine qu'il lui
vouerait dès que la vérité serait connue ; elle
croyait déjà le voir menaçant et furieux ;
elle croyait entendre ses blasphèmes et ses
malédictions.

Sa frayeur devint si forte qu'elle prit la
résolution de ne pas attendre le retour de
Bambriquet. Elle sentait qu'elle n'aurait pas
le courage de nier la part qu'elle avait prise
aux déprédations dont il était victime, et elle
voulait se soustraire aux reproches qu'elle
sentait avoir mérités. Cependant une réflexion l'arrêta : comment expliquerait-on les
circonstances du vol si elle ne se trouvait pas
là pour raconter ce qu'elle avait vu ? D'un autre côté, il était urgent d'avertir le vieillard
de se défier de son indigne gouvernante, et,

dans tous les cas, il devait avoir besoin des consolations de sa fille unique.

Elle se décida donc à rester, et après avoir replacé dans le bureau, où ils étaient avant l'événement, les objets épars sur le plancher, elle se rassit près du feu, résignée à supporter toutes les conséquences de son action.

CHAPITRE XXXVI.

XXXVI

Deux heures s'écoulèrent ainsi. Élisa tres-
saillait au moindre bruit qui se faisait entendre dans la maison et se levait en pâlissant;
mais ce fut seulement à la chute du jour
qu'un fiacre, s'arrêtant devant la porte de la

rue, fit croire à la jeune fille que le moment
décisif était arrivé. Elle courut en tremblant
à la fenêtre, et elle vit en effet son père descendre de voiture en maugréant et traverser
la cour d'un air d'impatience pendant que
Lapiquette restait en arrière pour payer le
cocher, et sans doute aussi pour causer avec
madame Trichard, sa confidente obligée.

Au moment où le vieillard entra, enveloppé dans sa longue redingote, sa canne
sous le bras, Élisa vint l'embrasser et se mit
à fondre en larmes sans pouvoir prononcer
une parole.

—Tiens! te voilà, petite? demanda Bambriquet avec étonnement; sur ma parole, je
ne m'attendais pas à te trouver ici! Mais qu'as-
tu donc? tu pleures, je crois... Qu'est-il donc

arrivé, mon enfant, et pourquoi as-tu quitté le couvent?

Son accent était bienveillant, affectueux même, et néanmoins Élisa sentait son trouble augmenter de minute en minute.

— Mon père, balbutia-t-elle avec effort, j'étais venue pour... vous voir, et ne vous trouvant pas, j'ai attendu.

— Tout cela est fort bien, mais... Par tous les diables ! s'interrompit-il d'une voix éclatante, qui a ouvert mon bureau?

La jeune fille se jeta à son cou.

— Mon père, murmura-t-elle, rassemblez tout votre courage... Pendant votre absence, un vol a été commis chez vous, et le hasard m'en a rendue témoin, sans que je pusse l'empêcher.

— Un vol... en ta présence ! s'écria Bam-

briquet en se dégageant pour courir à son
bureau : que signifie tout ceci ?

— Un vol ! répéta Lapiquette qui entrait
en ce moment et qui semblait bouleversée ;
ce n'est pas possible... Qui aurait pu pénétrer dans la maison pendant que monsieur en
avait les clefs dans sa poche ?

Élisa lui lança un regard d'indignation, et
sans doute la conscience de la gouvernante
n'était pas tranquille, car ce regard suffit pour
la frapper d'épouvante, et elle resta comme
foudroyée.

— On m'a pris trente mille francs en billets de banque ! s'écria Bambriquet avec désespoir après avoir vérifié l'état de sa caisse,
et je ne sais combien de rouleaux d'or... C'est
une scélératesse inouie ? Mais parle, Lisa,
continua-t-il en revenant vers sa fille ; que

sais-tu? qu'as-tu vu ? Il faut que je porte plainte à la police, c'est-à-dire si cela est absolument nécessaire; il faut que je retrouve les brigands qui m'ont dépouillé, et si je peux savoir qui les a aidés à commettre ce crime...

— Seigneur Jésus ! s'écria Lapiquette en levant les yeux au ciel, qui donc dans la maison serait capable d'une pareille infamie? Manque-t-il à Paris de ces voleurs qui rôdent partout et qui profitent des occasions de s'introduire dans les domiciles?

— Mon père jugera, dit Élisa avec sévérité.

En même temps elle se mit à raconter, sans toutefois faire mention de madame de Salviac, ce qui s'était passé quelques heures auparavant; elle n'oublia aucune circonstance, ni la fenêtre ouverte sur le jardin, ni l'obscurité du salon, ni les paroles qu'avait prononcées le malfaiteur, ni même l'audacieux baiser qui lui avait fait perdre l'usage de ses sens. Bambriquet l'écoutait d'un air pensif et en fronçant le sourcil.

— C'est tout de même drôle, ma fille, ce que tu me racontes là, dit-il en hochant la tête; comment, on forçait le secrétaire de ton père, et tu n'as pas poussé un cri, tu n'as pas appelé au secours? et quand le brigand a été parti, tu es restée tranquillement assise ici, comme si rien d'extraordinaire ne s'était passé?

— Mon père, j'étais évanouie; et d'ailleurs, à quoi eût servi...

— Ainsi donc, interrompit Lapiquette, respirant à peine, vous n'avez pu voir la figure de ce... voleur? vous ne savez pas qui il est, et vous ne pourriez le reconnaître?

— Je pourrais le nommer lui et un autre misérable que j'ai rencontré à deux pas d'ici, et qui semblait faire le guet.

—Et qui sont-ils ma fille? demanda impétueusement Bambriquet. Élisa nomma Joli-Cœur et le prétendu capitaine Saint-Julien.

— Et maintenant, mon père, continua-t-elle en s'animant, si vous voulez bien vous souvenir quelle est la personne qui a amené pour la première fois chez vous ces deux misérables, si vous n'avez pas perdu la mémoire de certains propos tenus par l'un des deux, dans un moment d'ivresse, relativement à de fausses clefs, à des soustractions clandestines dont vous étiez victime; si de plus vous savez qui a fermé aujourd'hui avec tant de négligence la fenêtre du jardin et qui vous a entraîné presque malgré vous à la campagne, peut-être finirez-vous par découvrir les complices du crime. Réfléchissez, mon père, et peut-être alors ce qui vous paraît bizarre dans mon récit, tout, jusqu'au sentiment qui m'a empêché d'ébruiter cette ténébreuse affaire avant votre retour, s'expliquera naturellement.

Bambriquet écoutait d'un air sombre et hagard ; il semblait rapprocher mentalement certaines circonstances, et une affreuse vérité commençait à luire pour lui. Lapiquette, les yeux baissés vers la terre, avait perdu toute son effronterie ; son visage était livide, et elle tremblait de tous ses membres.

— Oui, reprit le vieillard d'une voix sourde et lente en regardant de côté sa gou-

vernante; tu m'y fais penser... Quand j'ai
voulu revenir aujourd'hui pour certaines
affaires pressantes, *elle* m'a presque forcé de
dîner à la campagne, et... Mais sais-tu bien,
Jeanneton, s'écria-t-il d'une voix de tonnerre en éclatant, que si cela était, tu serais
la plus abominable créature de la terre?...
et je te livrerais à la justice, vois-tu, et je te
ferais condamner comme...

— Vous ne l'oseriez pas ! s'écria la gouvernante en se redressant tout à coup comme
une furie et en le regardant en face; vous
ne l'oseriez pas, car je sais trop de choses de
vous, et je dirais...

Puis changeant aussitôt de système, elle
se frappa le front et elle reprit avec un accent déchirant en fondant en larmes :

— Oh! mon Dieu, mon Dieu! que de

mensonges pour perdre une pauvre jeune fille innocente !

Cette exclamation pathétique fit quelque impression sur Bambriquet ; il regarda tour à tour sa fille et Lapiquette d'un air d'irrésolution. L'espèce de rivalité qui, suivant lui, existait entre ces deux femmes le mettait en garde contre l'accusation que l'une portait contre l'autre. Au milieu de son irrésolution, il parut frappé d'un souvenir : il courut à son bureau et il se mit à éparpiller avec précipitation les papiers qu'il contenait :

— Mes dossiers ont disparu ! s'écria-t-il avec rage, ces titres importants que je devais envoyer ce soir chez mon fondé de pouvoir m'ont été enlevés... Il y a dans tout ceci quelque machination infernale ! un malfaiteur n'eût pu tirer aucun parti de ces papiers qui pour moi avaient une valeur immense... ils devaient me servir à me venger de gens que je hais ! Je voudrais, pour le double de la somme qu'ils représentaient, les posséder encore ! Il y a quelqu'un qui me trompe, il y a quelqu'un qui me trahit ; mais, par mille millions de diables d'enfer ! je ne me laisserai pas ainsi duper, dussé-je mourir à la peine !

Les éclats de cette terrible colère rendirent à Élisa toute sa terreur ; ce fut son tour de perdre contenance, et elle détourna la tête en pâlissant. Bambriquet, dans son désespoir de voir sa lâche vengeance lui échapper, n'eût peut-être pas remarqué l'émotion de sa fille ; mais Lapiquette, qui épiait toutes les circonstances capables de l'aider à se tirer de ce mauvais pas, avait aperçu ce brusque changement. Elle se leva tout à

coup : ses yeux brillaient d'une joie méchante.

— Monsieur, demanda-t-elle avec assu-
rance, ces papiers qui ont disparu ne con-
cernaient-ils pas les locataires du premier,
et ce monsieur Moreau qui s'est trouvé être
un grand personnage déguisé on ne sait
pourquoi ?

— Oui... et maintenant ce prince et ce
méchant artiste qui nous ont insultés sont à
l'abri de mes poursuites; tant de peines,
tant de sacrifices n'auront abouti à rien ; ils
seront plus insolents que jamais, et c'est toi,
misérable créature, qui...

— Un moment, mon bon, mon excellent
maître, reprit la gouvernante avec une douceur perfide, je ne voudrais pas vous causer

du chagrin ; mais puisqu'on m'accuse, il faut bien que je me défende... Ça me fait trop de peine de voir que vous pensez si mal de moi ! Permettez-moi donc de vous dire qu'un voleur, comme on le raconte, n'a pu emporter ces papiers, qui ne lui auraient servi de rien et qui n'auraient fait que le compromettre. D'ailleurs, en rentrant, j'ai causé avec madame Trichard, la portière, qui est une femme soigneuse et attentive ; elle m'a affirmé qu'aucun étranger n'était entré ni sorti de la maison depuis notre départ. Faites-la venir si vous voulez, et interrogez-la. Si un homme tel que le dépeint mademoiselle avait passé devant la loge, elle l'eût aperçu certainement, et elle est prête à jurer qu'elle n'a rien vu.

— Elle s'endort quelquefois, dit Bambriquet distraitement; mais où veux-tu en venir?

— Eh! ne serait-il pas possible que les choses ne soient pas telles qu'on désire vous le faire croire? Il ne manque pas de personnes intéressées dans la maison à la disparition de ces papiers, et, en y réfléchissant bien, on trouverait que ce vol est venu à point nommé pour sauver des gens que vous n'aimez pas.

Bambriquet avait l'intelligence lente, et il ne voyait pas encore clairement où tendaient les insinuations de la méchante femme. Il frappa du pied avec impatience.

CHAPITRE XXXVII.

XXXVII

— T'expliqueras-tu, coquine? s'écria-t-il
en fureur; voyons... que crois-tu?

L'exaspération du maître n'eut d'autre
effet que d'exciter un redoublement d'hypocrisie chez la gouvernante.

— Mon excellent monsieur, reprit-elle en soupirant, faut-il donc que ce soit toujours moi qui vous dise des choses si pénibles? Mais, puisqu'on m'y force, le bon Dieu me pardonnera...

— Mais enfin qui accuses-tu?

— Moi, Seigneur Jésus! je n'accuse personne... seulement, mon bon maître, je vous prie de vous souvenir que mademoiselle, que voici, a toujours été amie avec cette madame de Salviac, qui lui donne sans doute de mauvais conseils et qui est allée aujourd'hui même la chercher au couvent.

— Cela est-il vrai? demanda Bambriquet avec fureur en se tournant vers sa fille.

— Je l'avoue, mon père, répondit Élisa avec une candeur angélique; je suis venue ici dans la voiture de madame de Salviac; je comptais vous apprendre moi-même cette circonstance... un peu plus tard.

Un sourire de triomphe se montra sur les lèvres de la gouvernante.

— Vous voyez ! s'écria-t-elle, elle ne nie pas... elle ne peut pas nier, car on les a vues ensemble ; mais ce n'est pas tout : vous connaissez mes idées au sujet de votre fille et de ce soi-disant prince ; ils se voyaient souvent ici, et chaque soir, c'étaient des rendez-vous chez les Salviac... Je vous dis qu'il y a quelque chose entre eux ! Chaque fois qu'il la rencontrait, il la mangeait des yeux.

— C'est de la folie, cela ! oublies-tu donc comment ce noble si fier nous a traités chez le comte de Montreville ?

— Non ; mais avant qu'il prît son grand air pour dire devant tout le monde qu'il ne vous connaissait pas, je remarquai qu'il avait les larmes aux yeux en regardant votre fille... Vous en penserez ce que vous voudrez, mais je soutiens qu'il n'est pas impossible qu'il existe entre eux des intelligences, et, si cela est, j'imagine que mademoiselle, qui est si prompte à accuser les autres, ne vous voit pas avec plaisir poursuivre son galant.

— Malheureuse ! s'écria · Bambriquet, épouvanté lui-même du soupçon qui s'élevait dans son esprit, voudrais-tu me donner à penser que ma fille a forcé la serrure de mon secrétaire ?

— Je ne dis pas cela ; mais je pense qu'il s'est trouvé plus d'une personne capable de le lui conseiller, et il y a peut-être non loin d'ici des gens tout disposés à le faire pour elle.

— C'est une infamie! s'écria Elisa avec indignation; mon père, souffrirez-vous que votre fille unique soit plus longtemps en butte aux calomnies de cette abominable créature?

— Eh! que sais-je, moi, ce que je dois penser et dire? répliqua Bambriquet avec rudesse; et cependant, non, continua-t-il comme s'il se parlait à lui-même, cette enfant ne peut avoir eu l'affreuse pensée de me voler.

— Vous ne savez donc pas où l'amour et les mauvais conseils peuvent pousser la plus honnête fille? dit l'implacable Lapiquette; d'ailleurs, prendre de l'argent à un père, pour beaucoup de gens ce n'est pas voler... Enfin, peut-être ce vol n'est-il qu'un prétexte afin d'expliquer la disparition des papiers;

il ne serait pas étonnant que, dans quelques
jours, la somme entière vous fût restituée par
une main inconnue, à moins que ces gens,
qui ont l'habitude de dépenser beaucoup sans
être riches, ne se laissent aller à la tentation
de tout garder.

De pareilles accusations eussent paru absurdes à tout autre ; aux yeux d'un homme
grossier, défiant, sans éducation, à qui les
passions les plus basses étaient ordinaires,
elles avaient une valeur immense. Cependant
si Élisa eût protesté avec énergie, elle eût
pu encore chasser les préventions que la perfide gouvernante venait de faire naître dans
l'esprit de Bambriquet ; mais, soit trouble,
soit fierté de répondre à d'odieuses calomnies, soit enfin scrupule de sa conscience,

qui lui disait qu'elle n'était pas exempte de tout reproche, elle gardait le silence.

—Eh bien! qu'as-tu à répondre? demanda Bambriquet d'un ton farouche.

—Rien, mon père, sinon que je vous ai dit la vérité.

—Osez-vous assurer, s'écria Jeanneton, que vous ignorez ce que sont devenus les papiers concernant Moreau et Salviac?

La jeune fille ne répondit pas.

—Je savais bien! dit l'accusatrice avec un sourire de triomphe.

Bambriquet fit entendre une espèce de rugissement.

—C'est donc vrai? dit-il en se retournant vers sa fille; et moi qui ne voulais pas le croire! moi qui te prenais pour un ange, pour une sainte!

Élisa, épouvantée, tomba à genoux et s'é-
cria d'une voix entrecoupée en joignant les
mains :

— Grâce, grâce, mon père ! je ne suis pas
aussi coupable que vous le pensez, mais...

Ses prières et ses protestations se perdirent
au milieu des effroyables blasphèmes et des
imprécations de Bambriquet. Toute la nature
brute et grossière de l'ancien chiffonnier
s'était réveillée. Il allait et venait, frappait du
pied, grinçait des dents, et semblait à tous
moments devoir se précipiter sur sa fille pour
l'étrangler. Lapiquette elle-même paraissait
terrifiée par ce déchaînement de passions
brutales, et elle n'osait ni se mouvoir ni parler. Tout à coup Bambriquet s'approcha
d'Élisa, qui était toujours à genoux, et, fai-

sant un effort pour se modérer, il lui dit d'une voix brève :

— Écoute, tu es une *malheureuse*, et il y en a beaucoup dans les prisons qui ont moins mérité que toi d'y être enfermées ! Mais, comme tu es ma fille, je ne veux pas me déshonorer en divulguant ton crime à tout le monde. Bien plus, je ne poursuivrai pas en justice ceux qui t'ont aidée à forcer ma caisse, je ne te demanderai pas qui ils sont, je ne réclamerai pas ce qu'ils m'ont pris... mais tu dois avoir ces papiers ; dis-moi où ils sont et je te pardonne tout !

— Mon père, dit la jeune fille en levant sur lui un regard plein de tendresse, vous êtes bon même dans votre colère ! Je vous ai offensé, et pourtant vous êtes pour moi plein de clémence... Pourquoi faut-il que j'aie douté de votre générosité ? Peut-être en m'adressant à votre cœur...

— Mais ces papiers ! ce sont des titres originaux, des pièces importantes... rends-les-moi ! A qui les as-tu remis ?

— Hélas ! je ne les ai plus.

— Mais où donc alors les as-tu cachés ?

Élisa désigna du doigt la cheminée, puis elle se couvrit le visage de ses mains en murmurant :

— Brûlés... anéantis.

Bambriquet crut d'abord avoir mal compris; il resta immobile et muet. Puis il se pencha avidement vers le foyer ; le feu avait épargné quelques fragments des pièces de procédure, et ces restes, encore faciles à reconnaître, achevèrent de lui révéler toute la vérité.

Alors sa colère ne connut plus de bornes ; son visage était devenu cramoisi, les yeux lui sortaient de la tête. Il commença par accabler sa fille des épithètes les plus basses, les plus ignobles, les plus outrageantes. Tout ce que le vocabulaire des faubourgs et des cabarets put lui fournir d'injures, il le jeta à la face de cette belle et noble enfant qui l'écoutait en pleurant. Puis sa colère s'exaltant encore par sa propre expression, il se jeta sur Élisa et la frappa avec une violence et une rage inouïes ; il écumait, il rugissait, il s'acharnait sur sa victime comme un tigre sur sa proie ; il la foulait à ses pieds sans pouvoir lui arracher une plainte.

Soit véritable sentiment d'humanité, soit encore hypocrisie, Lapiquette essayait, mais vainement, de le retenir.

— Monsieur! monsieur! s'écriait-elle,
laissez-la..., ne la frappez pas..., c'est votre
fille... Vous n'avez pas le droit de la maltrai-
ter ainsi! vous allez la tuer!

— Puisqu'elle est ma fille, disait le vieillard avec frénésie, j'ai le droit de la châtier,
à quelque âge que ce soit... Elle me déshono-
nera, elle me fera rougir, l'infâme! Deux
cent mille francs que je perds en un seul
jour à cause d'elle! et c'est toi Jeanneton, toi
sur qui elle rejetait la honte de son crime,
c'est toi qui intercèdes pour elle! Mais je te
récompenserai, pauvre fille; je t'épouserai
avant huit jours, vois-tu! je te donnerai tout
mon bien, et elle, je la deshériterai... Mais
non, j'aime mieux la tuer, la misérable! Il
faut que je la tue!

En même temps, malgré les efforts réels

ou apparens de la gouvernante pour l'en empêcher, il frappait des pieds et des mains avec une effroyable cruauté. La malheureuse enfant sans défense était renversée à terre ; ses longs cheveux noirs dénoués flottaient errants sur le plancher, son visage était pâle et plein de sang. Pendant qu'elle subissait cet horrible martyre, elle murmurait seulement avec une angélique résignation :

— Mon père, vous m'avez donné la vie, elle vous appartient, vous pouvez la reprendre.

CHAPITRE XXXVIII.

XXXVIII

Au milieu de cette scène affreuse, que nous avons reproduit qu'à regret, un violent coup de sonnette retentit à la porte extérieure. Ce bruit inattendu produisit un effet magique sur Bambriquet; il resta immobile, le bras levé, retenant son haleine. Puis abaissant les yeux vers la terre, il parut surpris et épouvanté de ce qu'il avait fait, sa fille ne remuait plus et semblait expirante.

— La correction a été sévère et j'espère qu'elle profitera, dit - il d'un air égaré, mais......

Un nouveau coup de sonnette plus bruyant que le premier se fit entendre.

— Va voir ce que c'est, Jeanneton, dit le vieillard d'un air troublé; ou plutôt non, continua-t-il en s'éloignant, j'ai eu tort de tant frapper cette malheureuse enfant....... mais où la mettrons-nous? c'est sans doute quelqu'un qui vient me parler d'affaires; il faut que je fasse entrer ici, et je ne voudrais pas que l'on pût croire......

Élisa se souleva péniblement sur le coude et elle dit d'une voix brisée :

— On vient : par pitié, mon père, aidez-moi à me relever et à gagner ma chambre... que l'on ne me voie pas en cet état. On vous accuserait, on vous montrerait au doigt..... Personne ne pourrait savoir combien j'ai mérité ce terrible châtiment !

En même temps, par un effort désespéré, elle se traîna vers la porte de sa chambre en s'appuyant aux meubles qui se trouvaient sur son passage. Lapiquette avait voulu la soutenir, mais elle avait refusé son appui. Brambriquet était dans une morne stu-peur,

— Mon père, soupira la jeune fille, ne ne vous reprochez pas le mal que vous m'avez fait et laissez-moi croire qu'au prix de ces souffrances, j'obtiendrai votre pardon!

Elle lui adressa un sourire triste et elle entra dans la chambre voisine.

Cependant la sonnette s'agitait incessamment; Lapiquette alla ouvrir pendant que son maître mettait un peu d'ordre dans le salon. Presque aussitôt deux hommes vêtus de noir parurent : l'un deux portait un grand portefeuille.

— Monsieur, dit-il à Bambriquet, excusez-nous d'avoir tant insisté pour entrer : l'affaire qui nous amène ici ne permet aucun retard, et comme on nous avait assuré que vous étiez chez vous.....

— Eh bien, me voici. Qu'y a-t-il pour votre service ?

— Monsieur Bambriquet, nous venons au nom de M. le prince de Z... vous proposer le remboursement de la somme qui vous est due par lui. Les délais prescrits par la loi ne sont pas encore écoulés, et nous sommes chargés de vous faire des offres réelles.

Celui qui venait de parler ouvrit le portefeuille et montra qu'il était plein de billets de banque.

Une profonde stupéfaction se peignit sur les traits de Bambriquet.

— Cela est impossible ! s'écria-t-il, je sais bien que le prince de Z.... n'est pas en position de me rembourser ; d'où lui vient cet argent ? qui le lui a prêté ?

— Cela ne regarde ni vous ni nous, dit un des huissiers ; vous déposerez les pièces chez votre notaire et en échange on vous remettra ces billets, qui, je vous assure, sont de fort bon aloi. Cependant, si vous êtes si

curieux, je puis vous dire que cet argent
paraît venir d'un grand personnage dont le
prince va, dit-on, épouser la fille.

— Et ce personnage est sans doute...

— Le comte de Montreville, il n'y a aucun mystère à cela.

Un cri aigu, déchirant, suivi de la chute
d'un corps lourd sur le plancher, se fit entendre dans la pièce voisine. Bambriquet se
hâta de congédier les gens de loi, après avoir
signé le procès-verbal qu'ils lui présentèrent,
et il ordonna à la gouvernante de les accompagner jusqu'à la porte avec une lumière.

Lorsqu'elle revint, elle trouva le vieillard
dans la chambre de sa fille ; il avait déposé
Élisa sur son lit et s'était jeté à genoux devant
elle en sanglotant.

— Lisa, mon enfant chérie, tu me pardonnes donc? disait-il avec désespoir; je suis un brigand, un coquin, un gueux fini. Je perds la tête quand je suis en colère et je deviens comme une bête féroce.

— Mon père, répliqua la jeune fille d'une voix mourante, ce n'est pas vous ce soir qui m'avez fait le plus de mal.

La gouvernante, sa lampe à la main, resta stupéfaite à la vue de ce tableau. Tout à coup Bambriquet se leva et se tourna vers elle; ses yeux brillaient dans la pénombre comme ceux d'un chat sauvage.

— Jeanneton, lui dit-il avec autorité, appelle madame Trichard pour qu'elle vienne déshabiller Élisa et la mettre au lit... Quand à toi, fais ton paquet sur-le-champ et sors de ma maison pour n'y revenir jamais !

— Comment monsieur! vous me chassez. Je ne souffrirai pas...

— Aimes-tu mieux que je te fasse arrêter sur-le-champ comme complice du vol qui a été commis chez moi? Tu es coupables aussi, j'en suis sûre! Va-t'en, te dis-je; je ne veux pas te perdre parce que.... enfin parce que j'ai plus pitié de toi que je n'en ai eu de cette pauvre chère enfant. Qu'elle soit coupable ou non, peu importe; cela ne regarde que moi! Maintenant ne reste pas une minute de plus ici; tu es cause de tous mes malheurs, tu es cause que j'ai frappé ma fille unique et que j'aurai un remords pour toute ma vie... Va-t'en donc bien vite, ou je ne répondrais plus de moi.

Lapiquette comprit que c'en était fait de

son pouvoir, et elle sortit sans prononcer une parole pour faire ses préparatifs.

Quelques instants après, Élisa était seule dans sa petite chambre, dans une obscurité profonde. Elle entendit qu'une voix douce et suppliante l'appelait derrière une fenêtre du jardin qu'on avait laissée ouverte un instant. Cette voix était celle de madame de Salviac.

— Élisa, ma généreuse amie, demanda Cécile avec précaution, avez-vous tenu votre promesse? avez-vous désarmé votre terrible père? J'ai entendu des cris étouffés et j'ai pensé...

— Vous êtes sauvés, Cécile, répliqua mademoiselle Bambriquet avec un accent mélancolique; dites au prince de Z... qu'il s'est trop pressé de recourir à l'obligeance de son futur beau-père !

Madame de Salviac allait demander l'explication de ces paroles, mais la portière, qui entra dans la chambre avec une lumière, l'obligea de se retirer de la fenêtre, de peur que sa présence ne compromît sa jeune protectrice.

Rien ne transpira au dehors des traitements atroces qu'avait soufferts la malheureuse Élisa. Du reste, son sacrifice fut inutile. Le lendemain, aussitôt que la destruction des dossiers, par suite d'une circonstance qu'on n'expliquait pas, eut été notifiée aux gens d'affaires, le prince ordonna à ses fondés de pouvoir de payer la somme due à Bambriquet, nonobstant l'irrégularité causée par l'impossibilité de présenter les pièces. Quant à Salviac, il se hâta de faire parvenir à son impitoyable créancier des lettres de change pour une somme égale à la valeur des titres anéantis. Ni le prince ni l'artiste n'avaient voulu profiter d'une occasion si favorable d'éloigner la ruine qui les menaçait l'un et l'autre.

CHAPITRE XXXIX.

XXIXX

Plusieurs mois s'étaient écoulés et le printemps avait remplacé l'hiver. La saison des
bals et des plaisirs était finie, et, au vif
étonnemnt des oisifs du grand monde, le mariage du prince de **Z...** avec Hermance,

après avoir fait l'objet de toutes les conversa-
tions, n'avait pas été officiellement annoncé.
Le prince avait vécu très-retiré pendant tout
l'hiver; mais il n'avait pas cessé de se montrer de temps en temps à l'hôtel de Montreville, et ses rapports avec le comte semblaient
aussi intimes et aussi affectueux que par le
passé. On voyait donc avec surprise approcher le moment où la société choisie allait
se disperser, sans que rien de positif eût été
dit sur un événement que l'on avait consi-
déré si longtemps comme prochain.

Le prince occupait dans la rue de Gre-
nelle un vaste hôtel, bâti par un de ses ancêtres au temps de la splendeur de sa famille. Bien que le train qu'il menait pendant qu'il était officiellement à Paris fût somptueux, cette ancienne demeure était trop

grande encore pour lui et pour ses domestiques ; il habitait seulement le corps de logis
principal et le reste des bâtiments était dans
un état de délabrement visible. L'herbe
croissait à travers les pavés de la cour d'honneur et les murailles ne semblaient pas avoir
été recrépies depuis de longues années. Cependant ce vieil et noble édifice, avec ses
sculptures de pierre, son écusson armorié qui
surmontait la porte principale, avec ses arbres
séculaires dont on voyait le feuillage sombre
s'élever à la hauteur des toits, avait une ma-
jesté grave et mélancolique, tout à fait en
harmonie avec la fortune de son maître
actuel.

Dans un grand cabinet, situé au premier
étage du côté du jardin, le prince de Z...,
enveloppé d'une robe de chambre de ve-

lours, était assis devant un bureau chargé
de registres et de papiers. A quelques pas de
lui se tenait, debout et dans une attitude
respectueuse , un vieillard d'aspect vénérable, en habit noir et en culottes courtes,
dans lequel il eût été facile de reconnaître le
visiteur mystérieux avec lequel le prince
conservait seul des relations pendant ses émi-
grations annuelles rue de la Santé. Tous les
deux gardaient le silence, et chacun à part
soi semblait être en proie aux plus sérieuses
méditations.

C'était le matin, et un beau soleil de printemps éclairait les toits de la grande cité ; cependant la pièce dont nous parlons était plon-
gée dans une demi-obscurité, grâce aux
branches parasites que projetaient devant
les fenêtres les vieilles charmilles du jardin.

L'ameublement était lourd et antique ; d'immenses fauteuils jadis dorés étaient rangés le long des murs ; une bibliothèque en bois de chêne, à châssis vitrés, occupait tout un côté de la pièce ; des portraits en pied représentant des grands seigneurs d'autrefois, en costume de cour, avec le cordon bleu ou l'ordre du Saint-Esprit, étaient suspendus aux boiseries de tous les autres côtés. Un épais tapis couvrait le plancher, et comme ce corps de logis était situé entre cour et jardin, aucun bruit extérieur ne venait troubler les graves rêveries de ces deux personnages.

Ce silence et cette immobilité duraient déjà depuis quelques instants, lorsque le prince releva vivement la tête.

— Monsieur Duval, demanda-t-il, avez-

vous envoyé ma lettre à M. le comte de Montreville?

— Un domestique est allé la porter dès
que l'ordre en a été donné.

— Et celle qui est adressée à M. de Salviac?

— Elle doit aussi être parvenue à sa des-
tination.

— C'est bien.

Et Alfred se pencha de nouveau sur le
registre ouvert devant lui. Le vieillard obser-
vait avec intérêt toutes les impressions qui se
peignaient sur son visage. Il y eut encore un
long silence.

— Vous avez raison, mon bon Duval, reprit enfin le prince avec découragement, en
repoussant l'in-folio qu'il avait compulsé avec
beaucoup de soin, ma position est encore

plus alarmante que je ne pensais, et malgré vos efforts pour retarder ma ruine complète, je la vois devenir plus imminente que jamais. Je dois cinquante mille écus à cet excellent comte de Montreville que j'ai substitué à tous les droits de ce... de mon ancien créancier. La rente viagère de dix mille écus qui est désormais mon unique ressource, est engagée pour près de trois ans; il va me devenir impossible peut-être de soutenir mon rang; je l'essayerai pourtant; d'ici à peu de jours, je vais annoncer dans le monde mon départ pour l'étranger, et j'irai encore une fois me cacher dans quelque coin obscur de Paris, pour tâcher, en vivant de privations, d'économiser une somme suffisante à mes dépenses de l'hiver prochain... Si je ne puis y parvenir, il faudra bien que je me décide à mettre en

vente cet hôtel; mais puisse Dieu me rappe-
ler à lui avant que j'aie vu passer en des
mains étrangères ce dernier et vénérable
débris de notre opulence passée !

Il laissa tomber sa tête dans ses mains d'un
air accablé. Le vieux Duval, son intendant, un
de ces serviteurs dévoués comme l'ancienne
aristocratie savait seule en trouver, parut
profondément ému de la douleur de son
maître. Une larme vint briller sur sa joue
ridée.

—Ne parlez pas ainsi, monsieur le prince,
dit-il d'une voix tremblante; ne me dites pas
que votre vieux serviteur pourrait voir périr
le dernier représentant de cette famille à laquelle ma vie entière a été consacrée. Pourquoi vous laisser aller au découragement?
Votre rente est engagée, il est vrai, mais il

vous reste encore d'autres ressources; consentez seulement à diminuer votre train de maison pour l'hiver prochain; permettez-moi de congédier ces bouches inutiles que vous nourrissez; réformez ces chevaux de luxe qui encombrent vos écuries; surtout, mon prince, daignez vous souvenir, quand vous distribuez vos aumônes que vous n'avez plus le trésor de l'illustre maréchal, votre père, et alors peut-être pourrons-nous trouver moyen...

— Assez, dit Alfred avec dignité, sans sécheresse; ne me parlez plus de cela, monsieur Duval; vous savez que mon parti est pris.

L'intendant secoua tristement la tête; son maître craignit de l'avoir affligé.

— Écoute-moi, Duval, dit-il avec bonté en lui faisant signe d'approcher, tu es mon

ami, comme tu as été celui de mon père, et
je te dois compte de mes pensées comme de
mes actions. Voudrais-tu donc, toi qui connais si bien les grandeurs de ma famille, toi
qui prises si haut le nom illustre dont je suis
l'héritier, voudrais-tu, dis-je, que le prince
de Z..., ce dernier rejeton d'un vieil arbre
aussi ancien que ce royaume, devînt un objet de pitié pour cette société nouvelle? Tu
n'as donc pas compris que mon existence
était une sorte de défi que le monde d'autrefois jette au monde d'aujourd'hui? Un prince
de Z... ne peut-être un bourgeois obscur et
économe, vivant publiquement de privations
et chicanant sa vie avec une génération ra-
pace. Je puis abjurer mon titre et mon rang;
mais tant que je m'en parerai aux yeux du
monde, je ne veux pas manquer aux tradi-

tions de grandeur et d'opulence qui se sont perpétuées dans ma famille. C'est là un orgueil, absurde peut-être ; mais laisse-le moi, car il est ma force, il est ma vie... et pour ce qui est des aumônes, Duval, souviens-toi bien d'une chose : tant qu'il me restera une pièce d'or, elle sera pour l'ami qui viendra à moi les mains vides en implorant mon secours...

En parlant ainsi il s'était animé ; ses yeux brillaient, ses joues pâles s'étaient colorées. Le vieil intendant, quoiqu'il ne pût approuver ces idées de grand seigneur, si étranges à notre époque d'égoïsme, regardait son maître avec bonheur, et toute son attitude exprimait une vive admiration. Le prince reprit après un moment de silence :

— Et à ce propos, mon cher Duval, avez-

vous envoyé à ce malheureux Bernard les
deux louis que je vous ai dit? Le pauvre
diable est chargé de famille et il a des besoins
pressants...

— J'ai obéi, monsieur le prince, répliqua
l'intendant en soupirant, et véritablement
une aumône ne pouvait être mieux placée...
Mais, par grâce, mon noble maître, veuillez
penser combien vous devez restreindre votre
générosité naturelle. Votre caisse est vide,
et puisque vous ne voulez pas que j'em-
prunte...

—Le temps des emprunts est passé, Duval; je ne veux rien emprunter dont je ne
puisse garantir l'intégrale restitution. C'est
pour cela qu'il faudra nous décider à mettre
en vente cet hôtel... bien que les cinquante
mille écus aient été tirés d'une bourse amie,

ils n'en doivent pas moins être intégralement restitués.

Le vieillard prit une contenance timide et embarrassée.

— J'avais espéré, balbutia-t-il, que cette somme n'aurait pas besoin d'être rendue... les rapports d'intimité qui existent entre vous et la famille de Montreville me donnaient lieu de penser...

— Ne pensez rien, interrompit brusquement le prince dont le front se rembrunit ; vous savez mieux que personne, Duval, comment j'ai été entraîné à contracter une gênante obligation envers le comte, qui m'avait offert bien des fois de venir à mon secours et que j'avais toujours refusé. Il y a quelques mois, lorsque j'étais en butte aux poursuites d'un impitoyable créancier, lorsque j'allais avoir la honte et la douleur d'être chassé de cette maison par autorité de justice, j'attendais mon sort avec tristesse, mais sans colère et sans plainte. Alors vous prîtes sur vous de me sauver par des moyens que j'eusse réprouvés. Sans me prévenir, sans me consulter, vous allâtes tout conter à M. de Montreville, et avant même que je pusse me douter de votre démarche, l'argent était déposé chez l'homme de loi chargé de mes intérêts. Cependant je pouvais encore rompre cet arrangement et j'en eus le désir dès que j'eus appris ce qui s'était passé ; mais, par une circonstance que je ne saurais m'expliquer encore aujourd'hui, on m'annonça que les titres et la procédure que Bambriquet faisait valoir contre moi avaient été perdus ou anéantis. Je craignis alors qu'on ne m'accusât de vouloir profiter de cette occasion pour me rétracter et me refuser au payement d'une somme légitimement due, et je me décidai, bien malgré moi, à accepter le prêt du comte de Montreville. C'est ainsi, Duval, que, par votre zèle inconsidéré, vous m'avez mis dans la nécessité d'être l'obligé de la personne du monde envers laquelle je voudrais le plus être libre de tout engagement!

Les traits du vieillard exprimèrent un grand étonnement.

— Ai-je donc agi si mal, monsieur le prince? Le comte de Montreville n'est-il pas loyal, délicat, désintéressé? En quoi un service accepté de lui peut-il blesser?

— Eh! ne vois-tu pas, répliqua le prince avec une expression de tristesse, comment ce service a été interprété par ceux qui m'approchent? Le secret de cet emprunt a transpiré, et chacun a conclu, comme toi, qu'il n'était que le prélude d'une liaison plus étroite entre cette honorable famille et moi ! mais la lettre que j'ai écrite ce matin va enfin couper court à tous ces bruits. M. de Montreville, par excès de délicatesse ou par amour-propre, ne voulait pas me demander une explication devant laquelle je reculais toujours. Aujourd'hui j'ai franchement rompu la glace; j'ai écrit au comte que la position précaire de ma fortune ne me permettait plus d'aspirer à la main de sa fille, et, bien que nous n'eussions pris aucun engagement formel l'un vis-à-vis de l'autre, j'ai cru devoir lui rendre sa parole... Il me connaît ferme et résolu, et il doit savoir à présent que je n'épouserai jamais mademoiselle Hermance.

— Et pourquoi cela, mon noble maître? dit le vieillard avec chaleur; quelle union pourrait jamais être mieux assortie? Mademoiselle Hermance est jeune, belle, pleine de talents, d'un rang à peine inférieur au vôtre, et elle est riche, riche à pouvoir vous rendre l'opulence, le luxe et l'éclat, dont depuis longtemps vous n'avez plus que les dehors!... Prince, par pitié pour vous, ne rejetez pas cette occasion de relever votre illustre maison qui menace ruine. Ce mariage fait, vous n'aurez plus à vous cacher pendant six mois de l'année, comme un malfaiteur! Vous devez être las de cette existence misérable si indigne de vous, et ce serait folie...

Le prince se redressa avec dignité.

— Je crois, interrompit-il sévèrement, que vous oubliez à qui vous parlez?

Duval se jeta aux genoux de son maître, et, saisissant sa main qu'il arrosa de larmes, il lui dit d'une voix entrecoupée :

— Oh ! pardon ! pardon ! mon noble maître... ne soyez pas irrité contre un pauvre vieillard qui n'a plus d'autre pensée que de vous voir sortir enfin de l'abîme où vous êtes tombé !

Le prince fut profondément touché de cette action et des paroles qui l'accompagnaient. Il releva Duval avec bonté.

— C'est moi qui ai tort, mon vieil ami, et je te dois les motifs de ce refus qui te désole ; tu as couru ma fortune et tu as bien le droit de t'informer des principes qui dirigent mes actions. Aussi je n'essayerai pas de te

persuader qu'il répugne profondément à
ma fierté de relever ma maison en épou-
sant une femme plus riche que moi ; tu sais
trop que j'ai fait à mon nom de plus grands
sacrifices que celui d'un vain scrupule. Je
te dirai seulement que je n'aime pas, que je ne
puis pas aimer mademoiselle de Montreville.

— Mais du moins, cher prince, vous ne
la haïssez pas, dit l'intendant avec vivacité,
du moins vous avez pour elle cette estime qui
est la base de toute union bien assortie, et
ce sentiment suffisait autrefois à deux époux.

Au milieu de cette conversation, un domestique vint annoncer qu'Édouard de Salviac demandait à être introduit.

— Salviac! s'écria le prince en se levant
brusquement, oh! qu'il entre... qu'il entre...
Il a eu pitié de mes inquiétudes!

Il s'arrêta tout à coup, et, pendant que le domestique s'éloignait, il dit à l'intendant avec le même accent de bonté, quoiqu'il fût évidemment distrait :

— Laissez-nous un peu, monsieur Duval; j'espère que vous n'avez pas à me reprocher aujourd'hui d'avoir manqué de confiance avec vous; mais nous reprendrons cette conversation une autre fois, dans un moment plus opportun... Allons, adieu. Quoique vous soyez un peu volontaire, je suis bien heureux d'avoir un ami tel que vous.

Duval, comprenant que son maître avait hâte d'être seul avec le visiteur, s'inclina respectueusement et sortit, non sans jeter un regard de défiance sur Salviac qui entrait en ce moment.

CHAPITRE XL.

XL

L'artiste semblait ému et agité ; Alfred
fit quelques pas au-devant de lui, et, lui prenant la main, il dit avec effusion :

—Merci d'être venu si vite, Salviac ; ma
lettre a dû vous apprendre quelle était mon

anxiété... Je savais qu'hier au soir vous étiez
allé voir cette belle et noble jeune fille, et
j'étais dans la plus mortelle inquiétude... Eh
bien! les médecins ont dû se réunir hier;
de grâce, apprenez-moi ce qu'ils ont décidé.

— Les nouvelles sont pires que jamais,
répondit Salviac avec abattement, et ma
pauvre Cécile, qui est auprès d'elle m'a dit
qu'elle désespérait de la voir jamais revenir
à la santé. L'air de la campagne, qui devait
produire de si heureux résultats, n'a fait
qu'aggraver les souffrances intérieures. Cependant on connaît enfin la cause première
de cette maladie, dont cette généreuse enfant
avait toujours refusé d'expliquer l'origine.

— J'ai deviné, moi : c'est ce père imbé-
cile et brutal qui la fait mourir de honte.

—La maladie tient à une cause toute matérielle, bien que Bambriquet soit l'auteur des souffrances de sa fille. Aussi ce malheureux père paraît-il enfin comprendre les cruautés que l'ignorance et la grossièreté de ses mœurs passées lui ont fait commettre, et il est bourrelé de remords. C'est lui qui vient de révéler la vérité ; il l'a laissée échapper dès qu'on lui a appris que l'existence de son enfant en dépendait peut-être.

— Et ce secret, Salviac?

— C'est horrible à dire, c'est horrible à penser !... Imaginez que ce furieux, dans une circonstance grave, a frappé sa fille avec une barbarie inouïe, et c'est à partir de ce moment que cette dangereuse maladie s'est déclarée. La pauvre Élisa, pour ne pas charger son père d'une action si noire, a voulu, même au prix de sa vie, cacher ce secret à ses amis et à ses médecins ; pendant ce temps le mal s'est aggravé, et peut-être est-il déjà devenu incurable.

Alfred était bouleversé ; son visage était devenu blême pendant que ses yeux pétillaient d'un feu sombre. Le fait qu'on lui révélait était si contraire aux idées reçues dans le monde qu'il fréquentait, l'image de cette gracieuse et délicate créature foulée aux pieds d'un homme ignoble et farouche lui semblait si monstrueuse, que l'incrédulité lutta un moment en lui-même contre la douleur et l'indignation.

— Cela n'est pas possible ! s'écria-t-il se contenant à peine, il n'y a pas de pères assez brutes ponr se rendre coupables d'une pareille action !

— Le fait n'est que trop sûr, prince ; madame de Salviac en a arraché l'aveu à la malade elle-même, qui ne pouvait plus nier après la confession du vieillard. Mais ce n'est pas tout encore ; sachez que c'était pour vous et pour moi que mademoiselle Bambriquet bravait la fureur de son père !

— Vous..., moi ? Salviac, je ne vous comprends pas.

— Souvenez-vous de la disparition singulière des dossiers qui nous concernaient l'un et l'autre, la veille même du jour où l'on comptait en agir avec nous avec la dernière rigueur !... Je sais maintenant le mot de cette énigme : Élisa avait cru nous sauver tous les deux en détruisant les titres !

En même temps, l'artiste raconta brièvement les événements qui étaient parvenus ré-

cemment à sa connaissance; la démarche
que Cécile avait faite en allant chercher
Élisa au couvent, l'étrange hasard par suite
duquel les papiers s'étaient trouvés entre les
mains de la jeune fille, les scènes qui avaient
suivi et qui s'étaient terminées par l'effroyable
accès de rage de Bambriquet. Le prince
écouta ce récit avec une émotion extraordinaire.

—Elle a fait cela? s'écria-t-il d'un air égaré
en marchant à grands pas dans la salle. Héroïque enfant! C'était pour me sauver qu'elle
essayait d'anéantir une dette si énorme,
qu'elle bravait la haine et la vengeance de
son père... et moi, je l'avais lâchement reniée
quelques jours auparavant, je l'avais laissée
exposée à l'animadversion de ce monde frivole et railleur, quand un mot de moi pou-

vait la faire respecter... et depuis qu'elle est en proie à cette périlleuse maladie, j'ai eu le triste courage de ne pas chercher à la voir; je me suis roidi contre ces sentiments impérieux qui m'entraînent vers elle.... Salviac, mon ami, vous qui avez été témoin de toutes mes angoisses et de toutes mes faiblesses, vous devez, maintenant, bien mépriser cet orgueil qui m'a rendu si ingrat envers une innocente créature!

— Je vous ai plaint, mon cher prince, répliqua Salviac en lui pressant la main; dans votre ardeur à m'interroger sans cesse sur tout ce qui concernait cette infortunée jeune fille, il y avait autant d'intérêt pour elle que dans les plus actives démarches.

Alfred se promenait toujours avec agitation. Tout à coup il s'arrêta devant l'artiste.

— Salviac, dit-il brusquement, il faut que
vous me conduisiez à cette maison de campagne où elle s'est retirée! Je veux la voir,
lui parler, à moins que ma présence ne
puisse lui être désagréable ou dangereuse.

—Votre vue ne peut produire qu'un bon
effet sur la malade, prince; Cécile m'a dit
qu'Élisa s'informait souvent de vous, quoique
d'une manière détournée, et tout fait supposer que votre visite causerait une grande
satisfaction à cette pauvre enfant; mais vous
aviez pris la détermination de ne la revoir
jamais!

— J'avais peur de moi-même; je sentais
bien qu'aussitôt que je la verrais je serais
vaincu, et pourtant j'ignorais encore... Eh
bien, partons, ami, partons à l'instant

même... Oh ! mon Dieu ! serait-il possible que ma présence pût lui faire du bien !

Il tira précipitamment le cordon de la sonnette, et il donna l'ordre au domestique qui parut de faire atteler sur-le-champ. Puis il rejeta sa robe de chambre loin de lui et il acheva de s'habiller sans le secours de personne. Il était agité comme par un mouvement fébrile ; ses gestes étaient vifs, saccadés. En une minute il fut prêt.

—Je vous en supplie, prince, calmez-vous, dit Salviac avec intérêt ; songez que si vous lui montriez une émotion trop vive...

— Il faut que je la voie, répondit Alfred avec égarement ; le sort en est jeté... Partons.

En même temps il prit le bras de Salviac et il l'entraîna rapidement vers le grand escalier de l'hôtel sans écouter ses observations.

III.   7

CHAPITRE XLI.

XLI

Le cocher, prévenu trop tard, n'avait pas
eu le temps d'atteler les chevaux, et, malgré
son impatience, le prince fut obligé d'attendre dans la cour que la voiture fût prête.
Enfin le marchepied se développa avec un

bruit sourd; les deux amis prirent place, et l'on allait partir, lorsqu'une autre voiture venant du dehors pénétra sous la porte cochère et barra le passage: c'était l'équipage du comte de Montreville.

Malgré l'affection que portait M. de Z... à cet ancien ami de sa famille, un nuage de mécontentement parut sur son front lorsqu'il eut reconnu la livrée du comte; il hésitait s'il ne devait pas passer outre; mais cet instinct particulier de l'homme du monde, qui soumet ses plus chers sentiments aux exigences de la politesse, lui dit qu'il ne pouvait se dispenser de recevoir le respectable visiteur. Il mit donc pied à terre et il s'avança au-devant du vieillard, qui venait aussi de descendre avec l'aide de ses gens.

Au premier coup d'œil, le prince eut pu

juger que M. de Montreville était en proie à une préoccupation tout aussi grave que la sienne. Quoique son visage vénérable fût couvert d'une pâleur légère, il redressait sa taille, d'ordinaire un peu voûtée; et ses manières avaient quelque chose de sec et de solennel.

Le visiteur ne répondit que par une légère inclination de tête au profond salut qu'Alfred lui adressa.

— Je crois, monsieur le prince, dit-il d'un ton froid et cérémonieux, que j'arrive mal à propos et au moment où vous alliez sortir; mais j'ai à vous entretenir au sujet d'une lettre que vous m'avez fait l'honneur de m'adresser ce matin, et je suis venu sur-le-champ, au risque de me rendre importun.

— Le comte de Montreville ne peut ja-

mais être importun, répondit le prince avec
politesse ; cependant, mon cher comte,
ajouta-t-il d'un ton amical, je vous avouerai
franchement que j'allais sortir pour un intérêt des plus pressants, et si j'osais vous
prier de remettre à une autre heure...

— Je ne puis retarder d'une minute l'explication que je désire avoir avec vous, reprit le vieillard avec la même roideur
qu'auparavant; consentez à me recevoir,
monsieur, et je vous promets de ne pas abu-
ser de vos instants.

Alors seulement M. de Z... fut frappé de
l'air grave et hautain à la fois que le comte,
toujours si affecteux et si prévenant, prenait
avec lui. Il le regarda fixement pendant
quelques secondes, comme pour chercher la
cause de ce changement extraordinaire ; puis

il s'excusa précipitamment auprès de Salviac, qui était venu saluer M. de Montreville;
et, après l'avoir prié d'attendre son retour
dans une salle basse, il dit au comte d'un
ton inquiet et chagrin :

— Je me rends à vos ordres.

M. de Montreville le suivit sans répondre;
lorsqu'ils montèrent le grand escalier de
marbre, à rampe de fer, qui conduisait au
premier étage, Alfred voulut soutenir le vieillard dont la marche était faible et chancelante, mais Montreville refusa ses secours
avec une espèce de colère, et il arriva sans
aide jusqu'au grand cabinet.

Les deux gentilshommes gardaient un silence solennel bien extraordinaire après de
si longues et si étroites relations d'amitié. Le
prince avança lui-même un fauteuil à son

hôte, qui le remercia d'un signe de tête roide et compassé, et ils prirent place l'un en face de l'autre. Ce fut le comte de Montreville qui le premier rompit ce silence pénible.

— Ma visite est bien matinale, monsieur le prince, dit-il d'un air sombre, et peut-être trouvez-vous déjà que cette entrevue n'est pas ce qu'elle devrait être entre le fils du maréchal de Z... et le vieux Bernard de Montreville?

— En effet, comte, j'avoue que vos manières m'affligent autant qu'elles m'étonnent. Vous ne m'avez pas habitué à tant de sécheresse, et j'attends que vous me fassiez connaître comment j'ai mérité de n'être plus traité par vous comme un ami.

— L'ignorez-vous réellement? demanda Montreville avec quelque surprise; n'avez-

vous aucune idée, monsieur, des explications que je viens vous demander, des torts
que j'ai à vous reprocher?

—Aucune, monsieur, la lettre ne contenait rien qui fût de nature à vous offenser,
et à moins que... les sommes que je vous
dois...

— Vous ne le pensez pas, dit le vieillard
avec dignité en se redressant; vous savez
bien que de vils intérêts d'argent n'auraient
pu jamais rompre les antiques liens d'amitié
qui existaient entre nos familles et entre
nous; mais puisque vous ignorez ou fei-
gnez d'ignorer les motifs de ma visite, je vais
parler clairement, quoi qu'il m'en coûte,
et je n'oublierai pas que je vous ai promis
d'être bref.

— Je vous écoute avec le plus profond respect.

Ces paroles furent dites avec tant d'onction et de tristesse que le comte perdit tout à coup sa roideur factice, et de grosses larmes se montrèrent dans ses yeux.

— Alfred, lui dit-il d'un ton ému, pourquoi m'avez-vous mis dans la nécessité de... mais je ne veux pas, je ne dois pas m'attendrir. Monsieur le prince, continua-t-il d'une voix plus ferme, vous m'avez adressé ce matin une lettre où, sous des formes polies et sous des prétextes spécieux, vous rompez certains engagements que je m'étais habitué à considérer comme sûrs et sacrés...

— Comte, s'écria Alfred impétueusement, souvenez-vous bien que jamais ni mes paro-

les ni ma conduite n'ont dû vous faire supposer que je regardais ces engagements
comme irrévocables.

— En effet, dit le vieillard, c'est moi qui
vous ai le premier fait, il y a un an environ,
des ouvertures au sujet de cette alliance qui,
je l'avouerai, était un de mes rêves favoris ;
je m'imaginais que l'immense différence de
fortune qui existait entre mademoiselle de
Montreville et vous, vous empêchait seule de
vous déclarer ; je crus devoir aller au-devant
de votre réserve, et en cela j'oubliai ma dignité de père et de gentilhomme. Dieu m'en
punit maintenant ! Vous me répondites alors
que vous seriez fier de me devoir votre bonheur, mais que vous ignoriez si votre position
de fortune vous permettrait de former une
union où vous croyiez que tous les avantages

étaient pour vous ; d'ailleurs, Hermance était
bien jeune, et vous vouliez, disiez-vous, être sûr
qu'elle ferait avec connaissance de cause ce
que vous appeliez un sacrifice. Je respectai
vos scrupules, je me rendis à vos raisons, et
notre projet, ou plutôt le mien, fut ajourné
à votre retour de voyage, car j'ignorais alors
votre singulière émigration dans un quartier
éloigné de Paris. Cependant, à partir de ce
moment, soit que j'aie moi-même laissé entrevoir à quelques intimes la possibilité de
réaliser prochainement ces projets, soit que
vous ayez confié à ceux qui vous approchent
en quels termes nous étions vous et moi, des
bruits de mariage se sont répandus dans le
monde que nous fréquentons l'un et l'autre.
Il ne m'appartenait pas de les faire cesser,
d'autant plus que vos assiduités à l'hôtel, vos

soins particuliers pour Hermance confir-
maient au contraire...

— Si mademoiselle de Montreville a été
de ma part l'objet d'attentions particulières,
c'était que je voyais en elle la fille de mon
plus ancien et de mon meilleur ami.

— Le monde a pu s'y tromper; quoi qu'il
en soit, ces bruits ont pris peu à peu de la
consistance, et l'on attendait à chaque instant,
cet hiver, que ce mariage fût déclaré. Comme
il n'en était rien, on a cherché les motifs de
ces étranges retards, et alors les suppositions
les plus injurieuses pour votre honneur et le
mien se sont répandues partout. J'attendais
que vous me fournissiez l'occasion de les dé-
mentir; mais vous vous êtes tu constamment
et vous ne vous êtes relâché de cette rigou-
reuse réserve qu'en m'envoyant ce matin la

lettre où vous m'annoncez une rupture ouverte. Cette lettre est de nature à confirmer
tous les bruits honteux dont je vous parle, et
je suis décidé à ne pas souffrir une pareille
injure.

— Monsieur le comte, s'écria Alfred avec
véhémence, vous me devez la déclaration de
ces propos que vous dites outrageants pour
moi comme pour vous !

— Qu'à cela ne tienne, monsieur, quoiqu'il me répugne d'entrer dans ces ignobles
détails ; eh bien ! on assure que si vous semblez dédaigner l'alliance honorable qui vous
était offerte, c'est que vous vous êtes passion-
nément épris d'une fille des faubourgs, que
vous avez eu l'audace d'introduire une fois
chez moi et qui a produit un grand scandale;
on dit que cette fille a été votre maîtresse et

qu'une querelle survenue entre elle et mademoiselle de Montreville a été la cause...

— C'est une infamie! s'écria le prince indigné en se levant. Et c'est un homme honnête et éclairé qui peut avoir ajouté foi à ces abominables bruits!

— Qu'importe qu'ils soient vrais ou faux, si l'effet doit en être le même? Enfin, monsieur, résumons la discussion : cette rupture va soulever dans le monde que nous fréquentons les suppositions les plus méchantes, les plus absurdes, si vous voulez, au sujet des raisons qui vous dirigent; l'honneur de ma maison, le respect dû à ma fille, m'obligent à vous demander compte de l'outrage que vous nous faites.

Les explications du comte étaient, comme

on le voit, assez embarrassées, et sa colère était plus réelle que fondée.

Le prince parut réfléchir profondément.

CHAPITRE XLII.

XLII

— Monsieur de Montreville, dit-il avec
chaleur, vos scrupules sont exagérés; l'honneur de votre maison ne peut être entaché
par un refus qui a des motifs honorables...
ce sont là des susceptibilités d'un autre âge,

qui sont frivoles au temps où nous vivons.

—Ni vous ni moi, prince, ne devons mesurer notre honneur à la mesure de ce temps-ci; nous sommes des hommes du passé, qui devons être étrangers aux susceptilités du siècle présent. Pour moi, je n'ai, dans la circonstance actuelle, d'autre règle de conduite que les traditions de ma famille, et les inspirations de mon courage; il doit être de même de vous, et c'est pour cela que je vous demande réparation du tort que vous avez fait à mon nom.

— Une répération! demanda Alfred stupéfait; comment l'entendez-vous, monsieur le comte?

— Une réparation de gentilshommes, les armes à la main; c'est ainsi seulement que je pourrai laver l'insulte publique dont je me plains.

Le prince resta un moment immobile et sans voix.

— Un duel avec vous... un vieillard? s'écria-t-il enfin ; mais c'est impossible!

— Vous oubliez, monsieur, que, grâce à cet usage moderne de se servir de pistolets dans les combats singuliers, l'âge et la faiblesse des champions ne sont plus une considération suffisante pour empêcher le combat. Nous emprunterons aux mœurs actuelles cette mode qui convient si bien à la circonstance ; ma main serait trop faible peut-être pour soutenir une épée ; elle sera toujours assez ferme pour lâcher la détente d'un pistolet.

Alfred le regardait d'un air effaré, comme

s'il n'eût pu croire à la réalité de cette étrange proposition.

— De grâce, monsieur le comte, dit-il d'un ton suppliant, revenez à vous ; la colère sans doute vous égare... lors même que votre susceptibilité ne me semblerait pas exagérée jusqu'à la déraison, je ne pourrais accepter ce combat impie ; s'il avait lieu, je mériterais d'être mis au ban de la société.

— Croyez-vous que vous ne le méritez pas déjà ?

— Comte!... mais vous avez été l'ami de mon père, le mien !

— Raison de plus pour que vous ne deviez pas refuser la satisfaction que je vous demande.

— D'ailleurs, je vous dois une somme considérable, et on ne manquerait pas d'at-

tribuer ce duel à des motifs d'intérêt : ce serait une honte pour l'un et pour l'autre.

— J'ai prévu le cas, monsieur ; depuis
plusieurs jours je comptais provoquer moi-
même une explication au sujet de nos relations
mutuelles, et je ne voulais pas qu'une considération d'intérêt pût mettre obstacle à
mon projet. Une quittance avait été préparée,
et elle vient d'être signée à l'instant même
par le notaire qui était chargé de votre pro-
curation... La voici, continua-t-il en tirant
de sa poche un papier qu'il jeta sur la table :
elle est en bonne forme ; vous ne me devez
rien, et votre notaire lui-même est convaincu
que l'argent dont vous m'étiez redevable m'a
été rendu intégralement par vous.

Alfred de Z... resta un moment étourdi
par la singularité de ce procédé, qu'il ne

pouvait attribuer qu'à une haine profonde
et subite. Cet excès de générosité lui révélait l'excessif désir de vengeance dont le
vieillard, jusque-là si bienveillant, s'était
senti animé contre lui, et, malgré ses préoc-
cupations, il ne put s'empêcher de compa-
rer les moyens différents de vengeance que
le noble comte de Montreville et le plébéien
Bambriquet avaient mis en usage dans une
situation identique. Évidemment, les procé-
dés de l'un et de l'autre dérivaient des mê-
mes sentiments, l'amour-propre blessé et la
colère aveugle; mais l'un se vengeait par un
excès de violence, l'autre par un excès de générosité.

D'après le caractère que nous connaissons
au prince, le dernier moyen devait être pour
lui le plus blessant de tous. Dès qu'il en eut

bien compris la portée, une vive rougeur colora son visage.

— Monsieur le comte, dit-il avec véhémence et d'une voix altérée, quels que soient mes torts, je ne croyais pas avoir autant démérité de vous... Je ne puis accepter la remise que vous avez voulu me faire... et, en attendant que je puisse employer les moyens légaux pour vous obliger à ne pas m'imposer votre générosité, je ne dois la considérer que comme une insulte...

— Considérez-la donc comme telle si cela doit vous décider à m'accorder la réparation que j'exige de vous.

La persistance de cette inimitié, quoi qu'il pût dire ou faire, donna aux idées du prince une autre tournure.

— Monsieur de Montreville, dit-il les larmes aux yeux, mon noble et respectable ami, au nom de Dieu! réfléchissez à ce que vous me demandez!... l'honneur de votre nom n'est pas compromis, et vous avez le sens trop juste et trop élevé pour ne pas comprendre que mes torts dans cette circonstance ne sont qu'imaginaires; je n'ai pas pu, je n'ai pas dû me croire engagé par des paroles vagues et des relations de simple et cordiale amitié... Restent donc les vaines et frivoles suppositions des oisifs ou des méchants; croyez-vous que l'honneur d'une vieille et illustre maison telle que la vôtre puisse être à leur merci? l'outrage dont vous vous plaignez ne peut existe aux yeux des gens sensés?

— Il existe aux miens, monsieur, et cela suffit. Je vous ai déjà dit que les froids et positifs usages de cette époque bourgeoise ne seront jamais les règles de ma conduite ; j'ai conservé ces susceptibilités jalouses de notre caste à une autre époque, ce point d'honneur antique qu'on a tourné en ridicule parce qu'on ne savait pas l'imiter... J'ai été élevé dans ces idées, dans ces préjugés peut-être ; je suis trop vieux pour en prendre d'autres désormais.

— Mais moi, monsieur le comte, que dirait-on de moi, s'écria Alfred avec véhémence, si j'acceptais ce combat inégal ? Et si j'avais le malheur de vous blesser, de vous tuer, ne serais-je pas déshonoré, poursuivi par l'exécration publique ?

— Oui, mais en mourant j'aurais appris à tous que l'on ne touchait pas impunément à la considération qui s'attache à ma famille ;

j'aurais vengé mon injure, et le détracteur n'oserait plus parler d'une tache qui aurait été lavée dans le sang.

Alfred resta un moment pensif, une main appuyée sur son front brûlant.

CHAPITRE XLIII.

XLIII

— Il suffit, monsieur le comte, dit-il enfin d'une voix ferme, en relevant la tête; je
commence à comprendre que vous m'impu-
tez bien moins mes propres torts que ceux
des événements, et je ne chercherai pas plus

longtemps à me disculper à vos yeux. Vous croyez l'honneur de votre maison compromis, et vous avez jugé qu'il fallait une réparation éclatante ; votre cœur est rempli de colère, et c'est sur moi seul que vous pouvez la faire retomber ; je ne vous refuserai donc pas la satisfaction solennelle que vous exigez, et puisse-t-elle atteindre son but ! Puisqu'il le faut, je subirai toutes les conditions qu'il vous plaira d'imposer.

Le vieux comte se redressa avec orgueil, et un sourire effleura ses lèvres.

— Je vous remercie, monsieur le prince, dit-il en saluant avec toute la courtoisie d'un ancien gentilhomme, c'est déjà un honneur d'être accepté pour adversaire par un homme tel que vous... Eh bien donc, continua-t-il en se levant et en affectant un air enjoué, je crois que la journée de demain pourra être fort belle et qu'il fera bon se promener à huit heures du matin au bois de Boulogne.

— Je le crois comme vous, monsieur le comte, et je ne manquerai pas de m'y rendre à l'heure que vous indiquez.

— Tout vieux que je sois, j'espère encore arriver le premier... Ah ça, monsieur le prince, vous amènerez, je pense, un ami avec vous, comme je me ferai assister par un des miens. Ces messieurs règleront sur es lieux toutes les conditions du combat ; en tendant, je crois inutile de leur faire connaître les motifs de ce duel ; ce sera notre affaire de chercher des témoins qui aient assez de confiance en nous pour ne pas nous croire capables de compromettre notre vie dans une affaire injuste ou frivole.

— J'approuve vos motifs, monsieur le comte ; et vous pouvez être assuré de ma discrétion.

— Je n'en ai jamais douté, monsieur le prince, dit le vieillard en se préparant à sortir, et maintenant que nous nous entendons, j'éprouve le besoin de déclarer que je n'ai pas cru un moment à ces caquetages au sujet de mademoiselle... Briquet... Bambriquet... ou quel que soit son nom. Ma fille Hermance m'en a parlé dans d'excellents termes, bien qu'elle ne l'aime pas beaucoup depuis certaine soirée. Quant à vous, je sais que vous avez le cœur trop haut placé pour...

— Et vous avez raison, monsieur, s'écria Alfred avec une impétuosité qui contrastait avec son calme précédent, vous avez raison de ne pas ajouter foi à ces stupides calomnies, car celle dont vous parlez est un ange de douceur et de résignation, car elle est la plus pure, comme la plus généreuse des femmes !

— Il suffit, interrompit sèchement Montreville, je veux croire que cette personne mérite tout le bien que vous dites, quoique la chaleur avec laquelle vous en parlez soit de nature peut-être à faire penser le contraire. Adieu donc, prince ; j'ai votre parole comme vous avez la mienne... A demain.

— A demain, répéta machinalement le prince, comme s'il n'eût pas songé combien cette parole était solennelle.

Il accompagna de Montreville jusqu'à la porte du cabinet, et là il s'arrêta, la bouche à demi-ouverte, l'œil inquiet ; on eût dit qu'il voulait faire quelque nouvelle tentative sur l'esprit de ce vieillard opiniâtre ; mais le comte, sans lui en donner le temps, lui adressa un salut cérémonieux et se hâta de sortir.

Alfred resta debout sur le seuil de la porte pendant quelques minutes ; puis il poussa un profond soupir et descendit lentement l'escalier.

Lorsqu'il arriva dans la cour, le comte de Montreville n'était pas encore parti ; il causait à haute voix par la portière de sa voiture avec Salviac, et leur conversation semblait aussi gaie qu'amicale.

— Oui, oui, disait le comte en souriant, j'irai vous surprendre un de ces jours pour voir le modèle de votre statue équestre, et attendez-vous à des critiques sévères si vous ne vous êtes pas surpassé ; vous savez que je ne vous ménage pas... L'ambassadeur m'a dit des merveilles de votre ouvrage ; mais garde à vous! je ne vous ferai pas grâce du plus petit détail.

— Et je vous en remercierai, mon cher comte, répliqua Salviac; vous n'ignorez pas quel prix j'attache à vos conseils. Mais quand puis-je espérer de recevoir votre chère visite?

— Mais demain ou après-demain ; cela dépendra d'une affaire qui me reste à régler avec...

Il s'arrêta, car en levant les yeux il venait d'apercevoir le prince debout à quelques pas. Il salua de nouveau avec politesse, donna l'ordre du départ au valet de pied qui attendait respectueusement à l'autre portière, et les chevaux partirent aussitôt.

— Véritable gentilhomme du temps

passé! murmura le prince en suivant la voiture du regard, susceptible jusqu'à la folie lorsqu'il s'agit de l'honneur, généreux jusqu'à la prodigalité dans ses passions, intrépide et insouciant dans le danger !

Il s'avança vers sa propre voiture, dont un chasseur galonné sur toutes les coutures venait d'abaisser le marchepied, et il fit signe à Salviac de prendre place ; lui-même l'imita machinalement et il se laissa tomber sur les coussins pendant que son ami expliquait au chasseur la route qu'il fallait prendre. Dès que ces instructions eurent été transmises au cocher, on partit avec rapidité.

Tant que la voiture roula sur le pavé de Paris, le prince et Salviac ne prononcèrent pas une parole. L'artiste, persuadé que son compagnon était en proie à une émotion bien naturelle au moment de revoir une femme qu'il aimait et qui avait tant souffert pour lui, respecta sa taciturnité. Mais lorsqu'on eut dépassé la barrière et que le bruit des roues eut commencé à devenir moins assourdissant, Alfred parut sortir de sa profonde méditation.

— Salviac, dit-il d'un ton affectueux et confidentiel, quoique je vous aie connu bien tard, n'est-il pas vrai que je puis compter sur vous comme sur un ancien et fidèle ami?

— N'en doutez pas, prince, dit l'artiste avec chaleur; je vous suis dévoué désormais à la vie et à la mort.

— Eh bien, je vous demanderai une preuve de ce dévouement.

— Que me faudra-t-il faire, prince? je suis prêt.

— Vous saurez demain quel service je réclame de votre amitié... Trouvez-vous à sept heures du matin à mon hôtel, et je vous dirai ce que j'attends de vous.

— J'y serai, soyez-en sûr; mais ne pourriez-vous déjà me faire pressentir...

— Je me bats en duel et vous devez me servir de témoin.

— En duel!... et avec qui donc?

— Vous le saurez... mais, je vous en supplie, ne m'interrogez pas.

Et il ajouta avec vivacité, après une minute de silence:

— Parlons plutôt d'Élisa, de cette charmante Élisa que nous allons revoir!

Sur la lisière du bois de Boulogne, du côté d'Auteuil, s'élevait une de ces jolies petites villas dont la possession est le rêve du bourgeois parisien qui va le dimanche hors de Paris dîner sur l'herbe en famille. D'une architecture simple et gracieuse, elle est située à cinquante pas du grand chemin, à l'extrémité d'une double avenue de tilleuls qui en rend la perspective plus charmante encore lorsqu'on la regarde à travers la grille de lances dorées. Deux pavillons de forme élégante sont bâtis de chaque côté de l'entrée principale; l'un sert de logement au jardinier, l'autre est une sorte de belvéder d'où les habitants de la propriété peuvent voir ce qui se passe sur le grand chemin. Devant la maison s'étendait un frais gazon de forme demi-circulaire, dont cinq ou six grands orangers, enfermés dans leurs caisses vertes, suivaient les sinuosités ; l'habitation elle-même était proprette, commode, bien aérée, et par-derrière on entrevoyait un vaste jardin, moitié potager, moitié d'agrément, mais où des rideaux d'arbres cachaient les murs d'enceinte et semblaient se mêler au feuillage touffu de la forêt voisine. La nature elle-même, dans ce joli coin de terre, avait pris des proportions mignonnes et délicates en harmonie avec la structure du bâtiment et les habitudes paisibles de ceux qui l'habi-taient.

C'était là qu'Élisa Bambriquet s'était re-tirée depuis le commencement du printemps. L'état alarmant de sa santé avait exigé l'air de la campagne, et son père n'avait pas hé-sité à acquérir pour elle cette délicieuse propriété. Comme nous l'avons déjà dit, l'ancien chiffonnier était bien changé depuis quelques mois; quoiqu'il fût toujours économe et dur envers lui-même, il n'avait refusé à sa fille aucun des avantages que l'argent donne. Ne pouvant ou ne voulant pas habiter lui-même la campagne, il avait placé près d'Élisa une dame âgée, de mœurs et de manières distinguées, qui était pour elle *un chaperon* en même temps qu'une amie agréable et complaisante. Une femme de chambre et le jardinier complétaient la maison de la jeune malade, et Bambriquet, dans ses idées terre à terre, croyait qu'une duchesse même ne pouvait avoir plus de gens à ses ordres.

Mais ce qui donnait pour Élisa plus de charme à cette solitude, c'était la présence de madame de Salviac. Depuis le commen-

cement de sa maladie, l'intimité des deux
jeunes femmes était devenue plus étroite que
jamais, et Bambriquet, loin de s'en plaindre,
avait fait tous ses efforts pour la resserrer encore. S'apercevant que sa fille était moins triste
et moins souffrante quand Cécile était près
d'elle, il avait été le premier à inviter madame de Salviac à partager le bien-être actuel de la pauvre malade, et, dans cette circonstance, il avait poussé le repentir jusqu'à faire aux deux époux des excuses fort
humbles pour le passé. Jamais conversion
n'avait été aussi prompte, aussi complète.
Quand Cécile prodiguait à son amie les soins
les plus affectueux, il se sentait disposé à la
regarder elle-même comme son enfant, et
il la remerciait à sa manière de vouloir
bien l'aider à réparer ses fautes. Aussi,

madame de Salviac ne regrettait pas d'avoir consacré à Élisa son temps et ses peines ; elle eût trouvé, disait-elle, sa récompense seulement dans le bonheur de voir un si bon père.

. Dans la matinée du jour dont nous parons, le temps était magnifique. Bien qu'on fût encore au commencement de mai, l'année avait été précoce et un léger feuillage couvrait déjà les tilleuls de l'avenue, tandis que les pommiers et les pêchers du jardin étaient chargés de fleurs blanches et roses, « mainte et frêle espérance. » Un soleil doux et tiède éclairait la campagne, qui exhalait les senteurs parfumées du printemps, et sous ses rayons joyeux, de petits oiseaux chanteurs, les mésanges, les fauvettes, les rossignols, élevaient de tous côtés leurs gazouillements mélodieux.

Comme les fauvettes et les rossignols, la pauvre malade avait voulu avoir aussi sa part de ce soleil bienfaisant. Assise dans une bergère, devant la maison, à l'ombre d'un des orangers en fleurs qui ornaient le boulin-grin, elle feuilletait languissamment une revue littéraire. Elle était pâle, amaigrie ; la souffrance avait laissé son empreinte sur toute sa personne, et cependant elle était plus belle et plus touchante que jamais. Sa blancheur diaphane faisait ressortir encore la finesse des traits ; ses mouvements, ralentis par la faiblesse, avaient quelque chose d'on-duleux et de poétique. Elle était enve-loppée dans une douillette de soie grise qui tombait en plis luxuriants autour d'elle et laissait seulement entrevoir l'extrémité de son pied, chaussé d'une pantoufle éclatante en tapisserie ; elle avait sur la tête un voile, un ruban, une de ces petites choses sans nom avec lesquelles une femme de goût sait se faire tout naturellement une parure que l'art ne saurait imiter. Ainsi vêtue, et la tête, négligemment penchée sur sa brochure, la jeune fille avait la grâce et la suavité d'une Vierge de Raphaël.

Bambriquet venait d'arriver depuis quelques instants de Paris, où il se rendait chaque soir pour revenir chaque matin ; mais ce jour-là il avait trouvé sa fille si abattue et si souffrante qu'il avait à peine eu le courage de lui demander comment elle avait passé la nuit. Après lui avoir adressé quelques paroles affectueuses, il avait ôté sa redingote pour

III.   10

prendre une sorte de paletot en gros coutil, il s'était emparé d'une bêche, et il retournait avec ardeur une petite plate-bande qui s'étendait à l'autre extrémité de la cour. Malgré sa tranquillité affectée, son cœur était déchiré ; il avait cru reconnaître que depuis la veille, le mal d'Élisa avait encore empiré.

Sans doute la jeune malade devina de quelles lugubres réflexions son père était occupé, car fermant son livre, elle tourna la tête vers lui et lui adressa un sourire plein de douceur.

— Eh bien, mon père, dit-elle d'une voix faible, à laquelle pourtant elle essayait de donner un accent joyeux, n'avez-vous rien à me conter ce matin ? venez donc là près de moi... vous m'avez à peine embrassée ! Le vieillard laissa tomber sa bêche et

s'approcha lentement. Elle lui désigna à son
côté un banc de bois rustique, mais il resta
debout devant elle, les yeux baissés, le cœur
serré, sans pouvoir prononcer une parole.
Élisa lui tendit sa main en souriant toujours.
Cette action si simple détermina l'explosion
des sentiments tumultueux qui remplis-
saient le cœur du vieillard.

— Non, dit-il d'une voix basse et étouffée en frappant du pied, je ne suis pas
digne de t'approcher... ta bonté me désole ;
tu ne m'as jamais montré tant d'amitié,
et c'est moi qui te tue! Frappe-moi, ap-
pelle-moi mauvais père, brutal, sauvage,
j'aime mieux cela, je l'ai mérité ; ça me
fera moins de mal que de te voir toujours
douce et bonne comme une sainte !

Et de grosses larmes tombaient de ses

yeux; le désespoir donnait presque de la poésie à ses traits vulgaires. Élisa l'attira vers elle et lui dit avec un accent de tendresse profonde :

— Pourquoi toujours revenir sur ce sujet, mon père ? vous m'aviez promis de ne plus m'affliger par de pareilles idées, et surtout de ne les communiquer à personne; cependant hier encore vous avez eu l'imprudence d'en faire part à ces médecins qui ont été ravis de pouvoir expliquer une maladie qu'ils ne comprenaient pas auparavant : vraiment c'était bien mal de vous calomnier vous-même.

— Fallait-il donc te laisser traiter pour une maladie que tu n'avais pas, tandis qu'on négligeait ton mal réel? Fallait-il leur laisser croire que tes souffrances étaient

venues par hasard, tandis que c'est moi, moi
gredin, misérable, qui suis cause... Tiens,
vois-tu, ajouta-t-il dans un transport de désespoir, il y a des moments où j'ai envie de
me faire sauter la cervelle, il y en a d'autres où il me prend des tentations d'aller me
livrer à la justice et de dire : « Punissez-
moi... j'ai assassiné ma fille... ma fille unique... que j'aurais dû aimer plus que la vie,
parce qu'elle était un ange... j'ai mérité le
supplice des assassins... »

—Élisa, malgré sa faiblesse, se souleva péniblement, et se suspendit au cou de son père
avec ses deux bras réunis. Elle l'embrassa
en pleurant elle-même et elle chercha à
calmer cet affreux désespoir qui, chez un
homme tel que Bambriquet, devait avoir de
bien profondes racines.

—De grâce, mon père, disait-elle, n e vous
accusez pas d'un malheur qui ne peut vous
être attribué ; rien ne prouve que mes souffrances n'aient pas une cause toute naturelle,
et si les médecins se sont avisés de penser le
contraire après la confidence que vous leur
avez faite, malgré votre promesse, c'est qu'ils
trouvaient dans ce fait de quoi excuser leur
impuissance... Et d'ailleurs, continua-t-elle
en baissant la voix, lors même que ma maladie serait la suite de ces violences où vous
vous êtes laissé entraîner dans un moment
de fureur aveugle, n'aviez-vous pas le droit
de me punir ? n'étais-je pas votre enfant ?
n'avais-je pas commis une faute énorme
en vous faisant perdre une somme qui eût
rendu riches plusieurs familles ? Quel père,
si tendre et si désintéressé qu'il fût, eût résisté

aux premières impulsions de la colère? Ne chargez donc votre conscience d'aucun reproche...quoi qu'il arrive! Lors même que, dans ce terrible moment, vous m'auriez frappée à mort, mon dernier sentiment eût été de vous pardonner... je n'aurais pas regretté la vie... je ne la regretterai pas.

Elle retomba épuisée dans son fauteuil; Bambriquet allait protester contre ces paroles, elle l'arrêta d'un geste suppliant.

CHAPITRE XLIV.

XLIV

— Laissez, mon père, ne parlons plus sur ce pénible sujet; vous savez que toute émotion trop vive m'est interdite, et rien ne peut autant m'affliger que de vous voir malheureux par moi... Dites-moi plutôt, ajouta-t-

elle avec effort et en reprenant son ton léger,
si vous n'avez pas appris quelque nouvelle
en partant de Paris, ce matin. Avez-vous vu
M. de Salviac?

— Il est sorti de très-bonne heure, et je
n'ai pu lui serrer la main aujourd'hui, répliqua le vieillard en essayant de refouler les
sentiments qu'il venait de montrer avec tant
d'énergie; ce son de braves gens que ces
Salviac! je les avais méconnus! La petite
dame est donc toujours bien gentille pour toi?

— Elle est comme une sœur, une sœur
tendre et dévouée! Bonne Cécile! elle souffre
à peine que d'autres s'occupent de moi...
Elle ne me quitte pas plus que mon ombre,
et j'ai été obligée de la gronder ce matin pour
l'obliger à aller jusqu'au village au-devant
du docteur dont j'attends la visite. Madame

Durand l'accompagne, et ainsi je les ai bien forcées l'une et l'autre à faire un tour de promenade, car elles ne veulent pas sortir, et elles tomberaient malades comme moi... Cécile surtout...

— Bambriquet regarda sa fille et eut l'air de réfléchir.

— Eh bien, dit-il lentement et avec une certaine hésitation, puisqu'il en est ainsi, je veux te donner une occasion de prouver à ces dignes amies ta reconnaissance. Tu sais que j'ai des billets de Salviac pour une somme assez considérable?... je te les remettrai tous, et... oui... tu en feras l'usage que tu croiras convenable.

L'ancien chiffonnier, comme on le voit, était bien différent de ce qu'il était autrefois;

Elisa comprit ce qu'un pareil sacrifice avait dû lui coûter.

—Oh ! que vous êtes bon ! s'écria-t-elle ; je serai si heureuse de les délivrer d'une inquiétude qui, je le sais, trouble leur bonheur..... vous m'apporterez ces papiers demain, n'est-ce pas, mon excellent père ?

— Et qu'en feras–tu, mon enfant ? demanda Bambriquet avec un ton d'anxiété qui contrastait avec son désintéressement réel.

— Je les brûlerai... je les brûlerai sans leur rien dire, et cette fois je n'aurai aucun remords de mon action ; comme cela nous ne ferons pas rougir nos amis par une apparence de bienfait.

— Mais, ma petite, la somme est bien forte, et... enfin tu le veux, continua-t-il en

soupirant et au prix de tout ce que je pos-
sède, je t'épargnerais une contrariété... Du
moins, mon enfant, continua-t-il après un
moment de silence, es-tu satisfaite? tereste-
t-il encore un désir que je puisse combler?

— Vous avez pourvu à tout; il ne me
manque rien, rien de ce que l'affection et la
richesse peuvent procurer. Cependant, si j'o-
sais vous demander encore une grâce plus
précieuse pour moi que toutes les autres...

— Eh bien, parle, ma fille, donne-moi
une occasion de te plaire, je serai si heureux !

—Mon père, vous me quittez tous les soirs
pour retourner à Paris ; ne pourriez-vous
rester avec moi ici tout à fait ? Je vous ferais
préparer une jolie petite chambre près de la
mienne, et je ne serais pas dans une inquié-

tude mortelle chaque fois que je vous vois partir.

Cette demande si simple parut embarrasser le vieillard.

— Je voudrais condescendre à tes vœux, répondit-il, mais tu n'ignores pas que j'ai des affaires qui m'occupent une partie des nuits...

— Je ne l'ai pas oublié, et ces occupations nocturnes que vous entourez de mystères ne sont pas le moindre de mes chagrins... Je serais si contente de vous y voir renoncer pour toujours ! Outre les dangers qu'elles entraînent avec elles, je sais qu'elles ne sont pas aussi honorables que je l'aurais désiré pour vous et pour moi.

— Que dis-tu, Lisa ? Est-ce que l'on t'aurait dit...

— Je sais la vérité, mon père, répliqua la

jeune fille avec tristesse en baissant la voix;
un papier que vous avez laissé tomber der-
nièrement dans ma chambre m'a tout appris.
Vous vous êtes associé avec d'autres capita-
listes pour exploiter une maison de jeu clan-
destine, et vous alliez chaque soir avec vos
associés pour surveiller vos intérêts et partager les bénéfices. C'est la crainte d'être
obligé de faire connaître l'origine des fonds
que vous aviez chez vous qui vous a empêché de dénoncer les misérables qui vous ont
volé, et vous avez laissé leur crime impuni.
Je sais encore que plusieurs fois votre nom et
votre liberté ont été sur le point d'être compromis par les poursuites de la police, et
souvent je me prends à penser que cet argent
que vous prodiguez pour moi est la dé-
pouille des malheureux qui viennent tenter

la fortune dans cette horrible maison. De grâce, mon bon père, continua-t-elle les larmes aux yeux, en joignant les mains, si votre fille a quelque pouvoir sur vous, renoncez à cette déplorable industrie... L'argent acquis par cette voie ne profite pas, et je rougirais de penser que votre fortune n'a pas eu d'autre origine.

Bambriquet, malgré sa conversion récente, retomba dans son péché d'habitude.

— Tu en parles bien à ton aise, répliqua-t-il avec impatience ; quand je me suis chargé de cette entreprise, je cherchais seulement une distraction, car je m'ennuyais à mourir. Maintenant je réalise de si grands bénéfices, que je ne me soucierais pas de m'arrêter en si beau chemin ; et cet argent est aussi bon que d'autre, vois-tu. D'ailleurs, maintenant que tu es malade et que je n'ai plus auprès de moi une personne..... Mais c'est une coquine, il ne faut plus y penser! Je veux dire qu'aujourd'hui plus que jamais j'ai besoin de m'occuper, sans cela ma pauvre tête ne pourrait supporter les chagrins que tu me causes... Enfin, soit dit sans reproche, ma chère enfant, j'ai dépensé beaucoup pour t'être agréable; cette maison, ce mobilier, ces gens qui sont à tes ordres me coûtent gros, et la manière libérale avec laquelle tu comptes en agir envers les Salviac, par exemple...

— Mon père, répliqua Élisa avec dignité, j'ai voulu peut-être épurer par une bonne action cet argent que vous me prodiguez! mais, je vous en supplie, ajouta-t-elle d'un ton plus affectueux, ne me reprochez pas le service que je veux rendre aux meilleurs amis que j'aie après vous sur la terre; vous aviez sacrifié une forte somme dans un but de vengeance, pardonnez-moi de la sacrifier aujourd'hui dans un but de reconnaissance... et quant à cette honteuse industrie à laquelle je vous demande de renoncer, songez, mon père, que c'est peut-être le dernier vœu de votre Lisa... de votre pauvre fille mourante!

—Ne me dis pas cela, répliqua Bambriquet d'une voix rude et altérée, je ferai ce que tu voudras; mais ne me dis pas que tu vas mourir... parce que, vois-tu, cette idée-là, c'est pour moi comme un coup de couteau, là, en pleine poitrine... il me semble que je vais mourir moi-même.

Élisa adressa au vieillard un regard angélique et elle essaya de sourire.

— Pardonnez-moi de vous avoir affligé, dit-elle avec mélancolie ; mais que je
vive ou que je meure, mon bon père, je
ne vous devrai pas moins les plus heureux
instants que j'aie passés sur la terre... Mais
ne nous laissons pas aller à la tristesse. J'espère, continua-t-elle avec un accent qui dé-
mentait ses paroles, que Dieu m'accordera
quelques jours de plus pour jouir de mon
bonheur, qui est votre ouvrage... Ainsi donc,
j'ai votre promesse que vous renoncerez pour
toujours à cette coupable spéculation ?

— Oui, oui, mon enfant ! ne dois-je pas
faire tout ce que tu désires ? Dailleurs, tu as
peut-être raison : c'était mal de gagner ainsi
de l'argent, surtout quand on n'en a pas be-

soin ; car enfin je suis riche, et plus d'une fois j'ai senti du regret en voyant un pauvre diable jeter son dernier écu sur le tapis et se retirer pâle et les poings serrés après avoir tout perdu... Mais je ne m'inquiétais pas de cela autrefois, vois-tu ; c'est toi qui m'ouvres les yeux ; aussi, dès demain, je te l'affirme, je ne prendrai plus aucune part à cette vilaine affaire.

— Dès demain, mon père ? et pourquoi pas ce soir ? pourquoi pas à l'instant même ? Ne songez-vous pas que cette nuit suffira peut-être pour ruiner un père de famille et l'entraîner au suicide ?

Bambriquet réfléchit pendant quelques secondes.

— Non, reprit-il enfin, je ne puis me dispenser de me rendre encore ce soir, au

club, il faut que je m'explique avec les autres et que je règle certains intérêts. Mais c'est
entendu, petite; cette nuit sera la dernière.

Élisa n'osa insister ; les émotions l'avaient
fatiguée. Bambriquet sentit qu'il devait lui
laisser un peu de temps pour se reposer et
se recueillir, et ramassant sa bêche, il revint
à la plate-bande qu'il était occupé à retourner quelques instants auparavant. Tout en
travaillant, le vieil homme se révélait en lui
par intervalles, et il réfléchissait qu'il allait
lui falloir renoncer à des bénéfices assurés,
dont l'immoralité ne le préoccupait encore
que très-médiocrement. Ces réflexions éveil-
laient bien en lui certains regrets, mais chaque fois qu'il levait la tête et qu'il apercevait
sa fille si pâle, si frêle, si souffrante, languissamment appuyée contre la caisse de

l'oranger, toute frissonnante encore malgré le chaud soleil du printemps, il sentait son cœur se serrer, et il ne se reprochait plus ses complaisances envers cette innocente créature dont il avait causé tous les maux, dont il allait encore peut-être causer la mort.

Un quart d'heure s'écoula ; le vieillard continuait machinalement sa rude besogne, et Élisa n'avait prononcé quelques paroles que pour se plaindre du retard de Cécile, dont la promenade se prolongeait. Enfin cependant elle crut que son impatience allait être satisfaite : elle aperçut derrière la grille qui longeait la voie publique une femme qu'à son chapeau de paille et à son voile flottant elle prit d'abord pour son amie.

— La voilà enfin ! dit-elle avec un accent de joie.

CHAPITRE XLV.

XLV

Mais à peine eut-elle prononcé cette parole, qu'elle reconnut son erreur. La personne qui avait attiré son attention était seule, et Cécile était sortie avec madame Durand, la dame de compagnie; d'ailleurs, les allures

de l'étrangère étaient si extraordinaires que
toute méprise devint bientôt impossible. Elle
passa et repassa devant la grille, regardant de
tous côtés, comme si les localités lui eussent
été inconnues. Enfin elle se décida à entrer,
et comme à cette heure du jour où l'on n'avait
rien à craindre des voleurs, le jardinier, qui
remplissait les fonctions de portier, était
occupé à l'extrémité du jardin, elle s'enga-
gea dans la petite avenue, sans qu'aucune
question lui eût été adressée.

A mesure qu'elle approchait, Élisa se
reprochait de plus en plus d'avoir pu la con-
fondre avec l'élégante Cécile, et elle se pro-
mettait intérieurement d'en demander pardon à son amie. L'inconnue portait bien
le costume d'une dame aisée de Paris, mais
ce costume était fané et sa vue inspirait un

sentiment pénible. Son voile, qu'elle avait rabattu précipitamment sur son visage, était sale et percé ; son chapeau de paille de riz était bosselé et déformé, sa robe de taffetas changeant malpropre et d'une coupe ridicule ; elle tenait à la main une petite ombrelle jadis bleue, mais qui, grâce à la pluie, avait pris toutes les couleurs de l'arc-en-ciel.

Cette étrange personne marchait d'un pas précipité, puis elle s'arrêtait tout à coup, et elle semblait vouloir revenir en arrière. Son air était égaré, son geste brusque, et bien qu'on ne pût voir ses traits, on devinait qu'ils devaient exprimer un trouble extraordinaire.

Élisa ne savait comment expliquer cette singulière visite ; mais l'étrangère, franchissant rapidement l'espace qui les séparait, vint tomber à ses pieds et joignit les mains en disant d'une voix étouffée :

— Mademoiselle Élisa, ma chère et bonne maîtresse, me pardonnerez-vous le mal que je vous ai fait?

En même temps, elle releva son voile, et la jeune fille reconnut Jeanneton Lapiquette, l'ancienne gouvernante de son père.

La malheureuse avait tant changé en quelques mois qu'on eût cru que dix années de souffrances avaient passé sur sa tête, dans cet intervalle. Ce n'était plus ce teint frais et fleuri, cet embonpoint luxuriant qui faisaient l'admiration des beaux-fils du quartier Saint-Jacques; sa figure était jaune et plombée, ses yeux étaient cernés, tout son extérieur attestait les ravages de la misère et de la débauche. Malgré la prétention de son costume actuel, qui contrastait avec ses parures d'autrefois, extravagantes souvent, mais toujours fraîches et proprettes, elle faisait peine à voir et elle n'était plus que l'ombre d'elle-même.

L'apparition inattendue de cette odieuse femme produisit sur la jeune malade une impression extraordinaire. Elle poussa un cri d'effroi en détournant les yeux, et elle tendit les deux mains en avant comme pour la re-pousser; mais Jeanneton s'était cramponnée à ses vêtements, et elle lui disait avec l'accent du désespoir :

— N'ayez plus peur de moi, mademoi-selle, je ne suis plus votre ennemie... je viens, au contraire, implorer mon pardon; je viens vous rendre un grand service à vous, à votre père.

Elle fut interrompue par une exclamation de rage que poussa Bambriquet. En reconnaissante cette servant pour laquelle il avait montré une si déplorable faiblesse, il entra dans une fureur terrible et s'avança vers elle en brandissant sa bêche.

— Que viens-tu faire ici, abominable coquine? s'écria-t-il d'une voix de tonnerre; crois-tu donc que je suis disposé encore à me laisser tromper par ta langue infernale? C'est toi qui as tout fait, c'est toi qui m'as rendu le plus méchant des hommes. Va-t'en bien vite, ou je ne réponds pas de ma colère.

— Mon bon maître, dit la gouvernante toujours agenouillée, j'ai été coupable envers vous et envers votre ange de fille; mais j'en ai été bien punie... si vous saviez de combien de chagrins j'ai été accablée depuis que je vous ai quittés? j'ai été la dupe de deux misérables qui m'ont ruinée et qui m'ont fait souffrir toutes sortes de mauvais traitements.

— Tu n'as eu que ce que tu méritais, répliqua Bambriquet avec un accent de joie méchante : penses-tu que j'ignore maintenant ton infâme conduite pendant que je te croyais si tranquille et si heureuse dans ma maison? On m'a tout dit et…. mais regarde, continua-t-il avec transport en désignant Élisa, qui semblait prête à s'évanouir, tu fais horreur à ma fille! veux-tu donc achever de la tuer ! tiens, va-t'en bien vite, ou sinon…

Il leva encore sa bêche comme pour la frapper. La malade, malgré sa faiblesse,

III.   **12**

essaya de se soulever, et elle dit d'une voix mourante :

— De grâce, mon père, ne maltraitez pas c ette malheureuse... contentez-vous de la renvoyer, car sa vue me fait mal ! Puisse Dieu lui pardonner cependant comme je lui pardonne !

— L'entends-tu ? dit le vieillard avec véhémence en regardant sa fille avec un profond attendrissement, et voilà celle que tu m'obligeais à persécuter ! Elle pardonne à ses meurtriers, et... Mais sors d'ici, sors bien vite, car je ne répondrais pas de ma colère !

Lapiquette se releva et s'éloigna d'un pas.

— Je ne venais pas pour vous rien demander, monsieur, dit-elle avec timidité ; si je me suis informée de l'endroit qu'habitait votre fille, c'était que j'avais à vous donner un avis important.

— Lisa se trouve mal ! s'écria l'ancien chiffonnier qui voyait la tête de sa fille se balancer à droite et à gauche, comme si elle n'eût pu la soutenir. Au secours ! mon Dieu ! au secours !

Il soutint la pauvre enfant dans ses bras, et Jeanneton voulut lui rendre le même service, mais Bambriquet la repoussa avec fureur.

— Laisse-la s'écria-t-il ; ne la touche pas... tu la souillerais ! je te défends de la toucher !

Aux cris qu'il poussait une femme de chambre répondit de l'intérieur de la maison ; en même temps plusieurs personnes parurent à la grille et s'avancèrent à grands pas dans l'avenue : c'étaient Cécile et Ma-

dame Durand qui rentraient de la promenade; un homme d'aspect vénérable qui était
suivi par un élégant cabriolet de maître, les
accompagnait, et Bambriquet reconnut le
docteur X..., qui donnait habituellement ses
soins à la jeune malade.

— Madame Cécile, monsieur le docteur !
s'écria le bonhomme avec angoisse en soute-
nant toujours Élisa, accourez vite ; voilà encore ses crises qui la reprennent... et toi,
coquine, ajouta-t-il plus bas en regardant
Jeanneton, ne vois-tu pas que tu lui fais
peur? veux-tu donc lui porter le dernier
coup ?

Jeanneton sortit de l'espèce de torpeur où
l'avait jetée la vue des souffrances de l'une
de ses victimes; elle rabattit son voile brusquement, et mesurant du regard l'espace qui

la séparait des arrivants, elle reprit avec vo-
lubilité :

— Je m'éloigne, monsieur, car je vois
bien que ma présence, quoi que je fasse,
n'est agréable à personne ici... Cependant,
avant de vous quitter, il faut que je rem-
plisse le devoir qui m'a fait venir chez vous.
J'ai voulu vous prévenir que vous n'étiez pas
en sûreté, et que vous eussiez à prendre des
précautions pour déjouer les mauvais des-
seins de certaines gens. On sait où vous allez
chaque nuit, on sait que vous rentrez seul,
souvent à pied, et que vous portez sur vous
des valeurs considérables... On vous guette
et si vous n'y prenez garde...

Le docteur et les dames étaient si près
d'elle en ce moment qu'ils eussent pu entendre ses paroles si elle n'eût pas parlé à voix

basse. L'ancienne gouvernante, craignant quelque nouvelle humiliation en présence de tant de personnes, n'osa pas en dire davantage ; elle salua, elle s'éloigna rapidement, sans s'apercevoir que Bambriquet, exclusivement occupé de sa fille, avait à peine écouté l'avis important qu'elle venait de lui donner.

L'ancienne gouvernante, malgré la rapidité de sa fuite, ne put éviter d'être reconnue par madame de Salviac, qui fit un léger mouvement de surprise et d'effroi.

—Qu'est-il donc arrivé ? demanda le docteur avec inquiétude en allant prendre le bras de la malade pour consulter son pouls pendant que les femmes s'empressaient autour d'elle.

— Je m'explique tout, s'écria Cécile ;

monsieur Bambriquet, comment avez-vous souffert que la méchante femme qui sort d'ici pût arriver jusqu'à cette chère enfant?

— Elle est entrée de force... j'ai eu bien du mal à la chasser, l'abominable coureuse!

L'indisposition d'Élisa ne devait pas avoir de suites.

— Mes amis, reprit-elle en se soulevant péniblement et en essayant de sourire, ce ne sera rien... ne vous inquiétez pas, mon excellent père, je me sens mieux. La vue de la personne qui était là tout à l'heure a réveillé en moi des souvenirs... mais c'est fini, maintenant je suis tout à fait bien... Bonjour, docteur, continua-t-elle d'un ton gracieux en se tournant vers le médecin, qui étudiait avec soin les battements de son pouls, vous venez bien tard ce matin, mais, comme vous le voyez, vous ne pouviez arriver plus à propos !

— Calmez-vous, ma chère demoiselle, dit le médecin d'un ton affectueux en laissant aller la main blanche dont il s'était emparé, ces crises qui se renouvellent souvent ne me plaisent pas... je vous ai recommandé pourtant d'éviter toute espèce d'émotion...

— Même les émotions de la joie, docteur? demanda la malade avec un accent enjoué; en ce cas-là, je ne puis me conformer à vos ordonnances, car du matin au soir je suis doucement émue de me voir entourée de tant de soins affectueux par mon excellent père, par mes amis.

— Les émotions de la joie peuvent être aussi dangereuses pour vous que les autres quand elles sont trop vives, mademoiselle.

Cécile entraîna le médecin à quelques pas.

— S'il en est ainsi, docteur, dit-elle avec vivacité, en jetant des regards inquiets du côté de l'avenue, il faut qu'Élisa rentre sur-le-champ et se tienne enfermée dans sa chambre. J'avais pensé que la joie ne pouvait jamais être un mal; mais puisque je me suis trompée, il ne faut pas que mon erreur puisse avoir de suites fâcheuses. Tout à l'heure, j'ai aperçu de l'extrémité du bois une voiture qui semblait se diriger de ce côté. La livrée des domestiques me fait supposer que cette voiture appartient à une personne dont la vue doit agiter beaucoup notre pauvre malade.

— Que dites-vous donc là-bas? demanda Élisa d'un petit air boudeur; je suis sûre que vous parlez de moi. Comment, Cécile, est-ce que vous aussi vous conspireriez contre votre amie avec la Faculté?

— Et la Faculté aurait en elle une excellente auxiliaire, répondit le docteur en s'avançant ; madame de Salviac me faisait observer, mademoiselle, que ce soleil est bien ardent, et que vous devriez vous retirer dans votre chambre pour prendre un peu de repos ; vous en avez besoin, après la crise de tout à l'heure.

— Vraiment, elle disait cela, cette méchante Cécile ? Mais je vous assure, monsieur le docteur, que le soleil ne m'incommode pas ; au contraire, il me pénètre d'une bonne chaleur qui me fait du bien... Laissez-moi ici encore un instant, je suis si heureuse au milieu de vous, dans ce joli jardin, avec les oiseaux qui chantent et le soleil qui brille !

Madame de Salviac avait peine à cacher son inquiétude ; elle venait d'entendre un bruit de roues et un claquement de fouet qui annonçaient l'approche de la voiture. Elle dit à son amie du ton de la prière :

— Je vous en supplie, ma bonne Élisa, ne restez pas ici plus longtemps ; suivez l'avis du docteur. N'est-ce pas, monsieur Bambriquet, continua-t-elle en se tournant vers le vieillard, qui se tenait seul à quelque distance, n'est-ce pas que vous désirez que votre fille ne s'expose pas plus longtemps au grand air ? Dites-le lui donc, de grâce...

L'ancien chiffonnier, depuis la catastrophe qui lui avait fait faire un si important retour sur lui-même, était devenu d'une timidité excessive, par contraste avec l'aplomb imperturbable qui le caractérisait autrefois. Quand il se trouvait dans une société délicate et choisie, comme en ce moment, il se retirait un peu à l'écart et il ne se mêlait à la conversation qu'à la dernière extrémité ou lorsqu'il était directement interpellé.

Il n'avait donc pu entendre la petite discussion qui venait de s'élever ; cependant il s'avança d'un air empressé ; mais avant que madame de Salviac eût pu lui expliquer de quoi il s'agissait, Élisa s'écria avec un accent de surprise en désignant l'extrémité de l'avenue :

— Qui donc nous vient là ? regardez Cécile, la magnifique voiture qui s'est arrêtée à la porte ! quelle riche livrée ! quel bel attelage ! Eh mais, continua-t-elle gaiement, c'est M. de Salviac lui-même qui étale ce luxe insolent. Mais il n'est pas seul; il est avec un étranger et c'est...

Elle poussa un cri perçant; elle venait de reconnaître le prince.

— Comprenez-vous, maintenant? dit la jeune femme en cherchant à l'entraîner; vous voyez bien qu'il vous serait impossible de supporter cette entrevue... Rentrez bien vite; je ferai vos excuses.

— Mademoiselle, dit le docteur à son tour, voici des étrangers qui arrivent et vous êtes déjà tout émue... il serait prudent...

Élisa releva la tête; ses joues si pâles un moment auparavant s'étaient colorées aux pommettes d'un léger vermillon, ses yeux avaient retrouvé tout leur éclat d'autrefois, sa taille s'était redressée.

— Prenez garde, docteur, dit-elle avec fermeté quoiqu'en souriant, ceci n'est plus de la médecine, mais de la politesse... je ne puis m'empêcher de recevoir un ancien ami qui se souvient de nous, après si long-temps !

Cécile voulut renouveler ses instances, mais le docteur lui fit signe qu'il ne fallait pas irriter la malade, et elle se tut en soupi-rant.

Cependant le prince et Salviac s'avan-çaient à grands pas le long de l'avenue de tilleuls, pendant que la voiture et les valets restaient à la grille. Alfred était simplement vêtu d'une redingote noire, sans décoration, tandis que son compagnon étalait une luxu-riante rosette à sa boutonnière. Tous les deux causaient à voix basse en jetant des regards furtifs sur les habitants de la villa.

Dès que Bambriquet les eut reconnus, il se pencha vers sa fille :

— C'est notre ancien locataire, dit-il précipitamment; c'est pour toi qu'il vient, charge-toi de le recevoir. Moi, je ne veux pas qu'il me voie; il pourrait me dire quelque chose de désagréable, et je n'oserais plus lui répondre. D'abord, nous ne sommes pas bien ensemble, et puis mon costume n'est pas convenable pour me montrer à un personnage de si haute volée. Tu diras que je n'y suis pas.

— De grâce, ne vous éloignez pas, répondit Élisa avec dignité ; vous êtes chez vous, et personne n'a le droit de vous faire fuir. Je réponds que M. le prince saura reconnaître ce qu'il doit à mon père... d'ailleurs, il est trop tard ; on vous a vu.

Bambriquet céda sans murmurer à l'ascendant que sa fille exerçait sur lui ; cependant, il était gêné, mal à l'aise, et il n'osait lever les yeux. Ce qu'il n'avait pas dit, c'était qu'il rougissait de se montrer à un homme qui connaissait tous ses ridicules et toutes ses fautes, c'était qu'il avait honte de sa conduite passée devant ce noble et fier représentant des idées chevaleresques.

Le prince et Salviac saluèrent les assistants avec politesse. Alfred, malgré sa grande habitude du monde, avait peine à cacher son émotion lorsqu'il se trouva en présence de cette jeune fille qu'il avait vue si fraîche et si rieuse quelques mois auparavant et qu'il retrouvait faible, maigrie, mourante, quoique toujours belle. Sa voix tremblait quand il lui adressa la parole.

Élisa s'était levée pour recevoir les étrangers, et après avoir adressé un signe affectueux à Salviac, elle dit à M. de **Z...** avec une réserve mélancolique :

— Soyez le bienvenu, monsieur le prince! nous devons être bien fiers de cette visite quoiqu'elle soit tardive... mais ce n'est pas ici un lieu convenable pour vous recevoir, et si vous vouliez bien passer au salon...

— Restez, mademoiselle, restez, je vous en prie, dit Alfred avec tristresse, en cherchant à la retenir, ne m'accorderez-vous pas la faveur d'être accueilli comme un ami?

— Monsieur le prince...

— Oh! de grâce, mademoiselle, oubliez

III.   13

le prince, pour ne songer qu'à Moreau, votre locataire, votre voisin, celui qui passait près de vous, chez nos amis Salviac, de si bonnes et de si courtes soirées!

— Monsieur, répliqua Élisa avec un léger accent de reproche, la confusion est devenue impossible depuis une autre soirée qui m'a laissé de bien pénibles souvenirs.

— N'y en avait-il que de pénibles? demanda M. de Z... en fixant sur elle un regard plein de tendresse.

Cette allusion à ce qui s'était passé entre eux chez le comte de Montreville, avant l'arrivée de Bambriquet, fit rougir Élisa; elle baissa le yeux sans répondre.

La conversation fut générale pendant quelques instants; le prince, quoique devenu maître de lui-même, semblait inquiet et embarrassé. Salviac comprit que son noble ami attendait avec impatience l'occasion de causer en particulier avec Élisa, afin de la remercier de son dévoûment dans l'affaire des papiers; il fit signe à Cécile, et tous les deux s'éloignèrent, sans affectation, de quelques pas. Le docteur s'était déjà retiré en arrière pour donner à madame Durand, la dame de compagnie, les prescriptions les plus précises sur le régime qu'Élisa devait suivre. Bambriquet, qui s'était épuisé en salutations sans pouvoir attirer l'attention du prince et qui, du reste, s'était tenu caché derrière un groupe, les rejoignit aussitôt afin d'écouter les instructions du médecin. M. de Z... put donc s'entretenir un instant en toute liberté avec la jeune fille.

CHAPITRE XLVI.

XLVI

Il s'assit près d'elle sur le banc de bois et il se mit à lui parler avec feu quoique à voix basse, Élisa lui répondit d'abord sur un ton de réserve et avec un reste d'amertume; bientôt cependant son front s'éclaircit, et le sou-

rire reparut par intervalles sur ses lèvres.
Tous les signes extérieurs de la maladie s'ef-
facèrent un à un; plus de langeur et de
faiblesse; son regard était vif, sa parole claire
et sonore; toute sa contenance trahissait un
bien-être, une satisfaction qu'elle n'avait pas
éprouvés depuis longtemps et qu'elle était
trop naïve et trop pure pour dismuler.

Aucun mot de leur conversation n'avait
pu arriver aux assistants, mais ces change-
ments extraordinaires n'échappèrent pas à
l'œil clairvoyant de Cécile. Elle montra au
docteur avec inquiétude le groupe gracieux
d'Élisa et du prince, penchés l'un vers l'autre, à l'ombre d'un oranger.

— Ne craignez-vous pas, monsieur, dit-
elle, que cet entretien ne fatigue notre pauvre amie? Voyez comme elle est animée,

comme elle est différente de ce qu'elle était tout à l'heure !

Le médecin examina la jeune fille avec une profonde attention.

— Je ne sais si je me trompe, répondit-il d'un air de réflexion, mais je crois que cette émotion ne peut lui être contraire ; ne vous semble-t-il pas, comme à moi, qu'elle respire mieux, qu'elle est moins oppressée ?

Puis, prenant d'un côté une main de Cécile et de l'autre la main de Bambriquet, il continua d'un ton confidentiel :

— Parlez-moi tous les deux avec franchise ; nous autres médecins, nous sommes comme des confesseurs, et il faut parfois que nous adressions des questions indiscrètes... Je sais depuis hier, grâce au pénible aveu de M. Bambriquet, l'origine des souffrances de

mademoiselle Élisa; mais je soupçonne encore une cause morale peut-être plus importante que l'autre... Vous, son père, et
vous, son amie, pouvez-vous me dire si je me
suis trompé? Pouvez-vous me dire, surtout,
si cet étranger, qui s'entretient en ce moment avec elle, n'est pas pour quelque chose
dans le chagrin qui paraît la miner?

— Monsieur, répondit Cécile avec em-
barras, je ne saurais affirmer...

— Oui, oui, répliqua Bambriquet avec
agitation, vous avez raison, docteur; une
cause morale, c'est cela... Ce monsieur que
vous voyez là-bas, c'est le prince de Z...
qu'elle a connu dans ma maison, et je me souviens de certains propos... oui, oui, ce doit
être cela, et moi qui n'avais pas songé... Oh!
mon Dieu, continua-t-il avec un accent

douloureux, si je pouvais avoir la certitude
que je ne suis pas son assassin !

Le docteur écoutait avec attention ces
propos interrompus qui ne présentaient pas
un sens précis.

— Je ne vous comprends pas bien clairement, monsieur Bambriquet, reprit-il ;
mais sans vouloir m'initier dans les secrets
de votre famille, je dois vous donner à tout
hasard quelques conseils : si vous avez un
moyen de faire cesser le chagrin secret de
votre fille, hâtez-vous de l'employer, et peut-
être pourrons-nous la sauver, ce que je
croyais impossible ce matin encore. Enfin,
ajouta-t-il en baissant la voix, s'il est quelque
personne dont la présence puisse entretenir
l'état de bien-être dans lequel se trouve la
malade en ce moment, tâchez que cette per-

sonne soit souvent près d'elle... J'ai rempli mon devoir en vous donnant ces avis bizarres, peut-être. Et maintenant, adieu, je reviendrai demain.

En même temps le bon docteur se retira sans bruit et regagna son cabriolet, qui l'attendait au bout de l'avenue. Bambriquet était resté pensif et rêveur à la même place.

— Oui, oui, murmura-t-il en se frappant le front, il n'y a pas à hésiter... Advienne que pourra, lui seul peut sauver mon enfant !

Et il s'avança brusquement vers Alfred et Élisa, qui continuaient à causer avec chaleur. Salviac voulut l'arrêter, mais il n'en eut pas le temps.

— Le vieux fou va encore faire quelque

sottise ! dit-il à sa femme avec inquiétude.

— Hélas ! je le crains !

Et tous les deux attendirent avec anxiété ce qui allait se passer.

Au moment où Bambriquet se trouva près d'eux, le prince et Élisa se turent tout à coup. La jeune fille indiqua à son père une place sur le banc de bois. Alfred s'était levé et avait salué le survenant d'un air roide et froid. Mais le bonhomme ne se laissa pas intimider par cet accueil ; il y avait dans sa démarche et dans tous ses mouvements une résolution qui rappelait ses mauvais jours.

— Ne vous dérangez pas, monsieur, dit-il avec empressement ; il y a place pour tout le monde, que diable ! Ah ça, mon locataire, j'espère que vous n'êtes plus fâché contre moi à cause de ces vieilles histoires d'argent...

Que voulez-vous ! les affaires... Enfin, ma parole d'honneur, je serais désolé si vous me conserviez rancune !

Élisa tremblait que le vieillard ne laissât échapper quelque parole imprudente ; elle était au supplice.

— Mon père, dit-elle avec timidité, la présence ici de monsieur de Z... ne prouve-t-elle pas que le passé doit-être oublié ?

— C'est ce que je me disais, d'autant plus que, si j'ai eu des torts envers notre voisin, je suis prêt à lui en demander excuse et à employer tous mes efforts pour les réparer... un homme ne peut pas faire mieux, n'est-il pas vrai, monsieur Mor.... je veux dire monsieur le prince ?

Alfred était resté jusqu'à ce moment immobile et silencieux. Évidemment le sentiment des égards dus à Élisa Bambriquet luttait dans son cœur avec la haine et le mépris que lui inspirait l'ancien chiffonnier. Cependant il y avait dans l'accent du vieillard tant d'humilité et de repentir, qu'il se relâcha un peu de sa réserve glaciale. Forcé de répondre à cette interpellation directe, il dit d'un ton grave :

— J'ai toujours pardonné, monsieur Bambriquet, le mal que l'on m'a fait; celui que l'on fait aux autres peut seul exciter mon indignation. Je sais cependant qu'il ne faut pas être trop sévère pour certains caractères et pour certaines fautes; et puis il est des sentiments qui finissent par tout épurer; l'amour paternel est de ce nombre.

Élisa le remercia par signe de cette bonne parole.

— Oh! que c'est bien dit, cela, s'écria
Bambriquet d'un air profondément ému;
j'avais bien pensé quelque chose de pareil,
mais je n'aurais pas su l'exprimer si bien...
Aussi, après mes malheurs, je me suis dit:
Bambriquet, tu as commis bien des sottises;
tu as été brutal, méchant, tu as été cruel envers ta fille; eh bien, tu n'as qu'un moyen
de réparer les erreurs: sois bon père, aime
ta pauvre Lisa, qui le mérite si bien; rends-
la aussi heureuse que tu le pourras, et peut-
être Dieu finira-t-il par te pardonner!

Malgré la naïveté de cette réponse, Élisa
ne songea pas à y trouver rien à redire; il
lui semblait que le vieillard avait parlé avec
la véritable éloquence du cœur. Elle jeta sur
le prince un regard de triomphe.

CHAPITRE XLVII.

XLVII

— Mon père, dit-elle avec tendresse, vous avez tant fait pour effacer quelques heures d'emportement, que ni Dieu ni le monde ne sauraient plus être sévères envers vous... Si vous croyez avoir besoin de pardon, il vous est sans doute déjà accordé dans le ciel comme sur la terre.

— Non, non, répliqua Bambriquet en secouant la tête, non pas tant que je te verrai malade, triste et découragée, non pas tant que je n'aurai pas fait, pour ton bonheur, tout ce qui sera humainement possible !

— Eh ! mon excellent père, que pouvez-vous faire davantage ?

— Qui sait ! il y a tant de moyens... et c'est là-dessus que je voudrais te consulter toi, et tes amis... monsieur le prince, par exemple.

Élisa suivait tous ses mouvements avec inquiétude.

— Personne, reprit Alfred avec chaleur, personne ne désire plus ardemment que moi

de voir votre admirable fille aussi heureuse
qu'elle le mérite !

Cette vivacité parut de favorable augure
pour les projets secrets du vieux propriétaire.

—Je vous remercie pour elle... Eh bien,
monsieur, vous qui êtes de bon conseil, que
diriez-vous si je songeais à marier mon
Élisa?

Le prince fit un mouvement ; la jeune
fille devint pourpre.

— Me marier, mon père ! y songez-vous ?
dans l'état où je suis... Oubliez-vous déjà...

— Oh ! je sais que tu guériras, dit le pauvre père avec enthousiasme, je sais que tu
edeviendras fraîche et rose, quand tu n'auras
plus de chagrin dans le cœur ; car, tu ne
veux pas en convenir, c'est quelque chose
comme ça qui nuit au rétablissement de ta

santé... Eh bien, je dis que si par hasard tu aimais un homme comme il faut, et si cet homme comme il faut t'aimait de même, je ne verrais pas d'inconvénient à vous marier, moi, au contraire ; et si le futur était gêné, je te donnerais une bonne dot, avec laquelle il pourrait bien relever sa fortune, car enfin je donnerais tout, je ne me réserverais qu'une rente de mille écus pour vivre quelque part à Paris : le reste serait pour toi et pour lui, et vous n'auriez pas à vous plaindre ! Il y a quelques jours que, pour m'amuser, j'ai fait le relevé des sommes qui me sont dues et j'ai trouvé plus de deux millions... deux millions pour ta dot, Élisa... Croyiez-vous, monsieur le prince, qu'un petit particulier comme moi pouvait donner deux millions à sa fille?

Il fit entendre un rire de satisfaction; le
prince et Élisa tenaient les yeux baissés et
ne prononçaient pas une parole.

— Après ça, continua Bambriquet, vous
me direz que, si je voulais pour gendre un
homme si comme il faut, peut-être bien que
lui ne voudrait pas de moi... Ça ne m'éton-
nerait pas; quoique pendant un temps j'aie
prétendu connaître les usages du grand
monde, ça ne m'allait pas du tout; la langue
me fourche et je dis des choses qui font rire.
Oh! je me connais maintenant : l'éducation
et l'habitude ont manqué, voyez-vous; aussi
je ne voudrais pas me montrer dans le salon
de ma fille et de mon gendre pour les faire
rougir. Lisa, elle, peut aller partout; on la
ferait reine qu'il n'y paraîtrait pas; mais moi,
c'est autre chose : on ne pourrait pas plus

me changer que blanchir un nègre. Il faudrait donc me laisser dans mon coin, ne pas prononcer mon nom, ne pas même avoir l'air de me connaître. Si l'on voulait même, je m'en irais bien loin, dans quelque trou de province, où je ne me vanterais jamais d'avoir des enfants riches et titrés..... Ça serait bien triste pour moi de ne plus voir ma fille, mon enfant chérie... mais pourvu qu'elle fût heureuse, je ne m'en plaindrais pas; je supporterais l'absence, l'humiliation, l'indifférence, pourvu que j'eusse la certitude d'avoir assuré une existence grande et prospère à cette pauvre fille, que j'ai tant fait souffrir.

Il se tut et regarda ses deux auditeurs; l'un et l'autre étaient profondément touchés.

— Et moi, mon père, dit Élisa avec une

dignité mélancolique, lors même qu'il s'a-
girait de ma vie, je n'accepterais pas une position qui m'obligerait à renoncer à vous
voir, à vous aimer, à vous prodiguer mes
soins dans vos souffrances, mes consolations
dans vos chagrins... mais brisons là, si vous
le voulez bien. Ce n'est ni le lieu ni le moment de parler de semblables choses... et
prenez garde, mon père, que le contraste
de vos brillants projets avec mes souffrances
actuelles ne m'inspire des réflexions trop
pénibles!

— Oh! chassez de sinistres pensées, mademoiselle, dit le prince avec chaleur; vous
êtes à l'âge où l'on fait des projets, et pour
les nobles âmes comme vous, Dieu se charge
de les réaliser. Vous reviendrez à la santé,
et alors vous pourrez envisager sans préoc-

cupation les intentions généreuses de votre
père... En attendant ce moment, les encou-
ragements de l'amitié ne vous manqueront
pas, et je vous demanderai la permission de
venir joindre les miens à ceux de vos autres
amis.

Élisa répondit que le prince de Z... serait
toujours vu avec plaisir chez son père, et la
conversation devint moins intime. Les Salviac et madame Durand se rapprochèrent du
groupe principal.

— Il n'a pas refusé, pensait Bambriquet,
et cependant il a compris... Patience !... oh !
ma fille, ma fille !

Salviac était forcé de retourner à Paris, et
d'ailleurs la jeune malade devait avoir besoin de repos. Les deux visiteurs se préparè-
rent à partir.

— Eh bien, messieurs, demanda Cécile avec gaieté, reviendrez-vous bientôt voir de pauvres recluses?

— Je reviendrai demain, ma chère amie, répondit Salviac.

— Et vous, monsieur le prince?

— Demain aussi... à moins qu'une volonté suprême n'en ait décidé autrement.

— Oh! comme vous dites cela d'un ton solennel!

— Hélas! madame, qui peut assurer qu'il verra le jour de demain?

Il échangea un regard avec l'artiste, qui seul comprenait cette allusion au duel projeté avec le comte de Montreville; puis ils prirent congé et se dirigèrent vers l'avenue.

Cécile et Bambriquet les accompagnèrent jusqu'à la voiture. Bambriquet était retombé

dans son mutisme ordinaire et il se contenta
de prononcer quelques paroles polies au
moment de se séparer des étrangers, sûr que
tout ce qu'il pourrait dire n'ajouterait rien à
l'effet de ses insinuations précédentes. Lorsqu'il revint vers la maison, le jardinier, gros
paysan en blouse bleue, qui habitait le pavillon situé près de la porte d'entrée, s'approcha de lui d'un air mystérieux :

— Maître, lui dit-il, en allant chercher
de l'eau chez le voisin, j'ai rencontré la
dame de tout à l'heure... vous savez? celle
qui est habillée si drôlement.

— Ah! Lapiquette! dit Bambriquet avec
colère; eh bien, que me veut-elle encore?

— Elle m'a dit comme ça de vous dire
de ne pas oublier l'avis qu'elle vous avait

domné, que sans cela il pourrait vous arriver malheur.

— Quel avis m'a-t-elle donné? demanda le propriétaire en cherchant dans sa mémoire; ah! oui, c'est cela : que je me défie de ses amis! En ce cas-là, je crois que c'est le contraire qu'il faudrait faire; elle est si fausse et si menteuse!... N'importe, je me tiendrai sur mes gardes. Et toi, Gros-Pierre, continua-t-il brusquement en se tournant vers le jardinier, qui l'écoutait avec curiosité, si tu vois encore cette femme rôder autour de la maison, chasse-la à coups de bâton... j'aime mieux te les rendre.

En achevant cette plaisanterie tout à fait dans le sens de ses anciennes habitudes, il rejoignit sa fille, qui était restée pensive et rêveuse à la même place.

— Eh bien, Lisa, demanda-t-il avec empressement, es-tu contente de moi ?

La jeune fille poussa un profond soupir.

Le lendemain matin, à peu près au moment fixé pour la rencontre du prince de Z... et du comte de Montreville, un fiacre parcourait l'avenue de Neuilly avec la majestueuse lenteur d'une voiture de place prise à l'heure. Dans cette espèce de boîte roulante dont toutes les portières étaient abaissées, Salviac et le prince, assis côte à côte, se livraient en silence aux réflexions que la gravité de la circonstance devait naturellement leur inspirer. Tous les deux étaient vêtus fort simplement, et aucun signe extérieur n'eût pu révéler au promeneur matinal des personnages aussi éminents à divers titres. Sur la banquette de devant était posée

une magnifique cassette en palissandre, avec
les armes du prince en incrustation, contenant des pistolets de combat. Au dehors, le
ciel gris et brumeux semblait se mettre en
rapport avec la tristesse profonde qui remplissait l'âme des deux amis.

Alfred surtout était morne et abattu; les
bras croisés sur sa poitrine, la tête renversée
en arrière, l'œil triste et hagard, il ne semblait avoir aucun sentiment de ce qui se
passait autour de lui. Son atonie était si profonde que Salviac en fut effrayé.

— Prince, lui dit-il d'un ton affectueux
en lui touchant légèrement l'épaule, vous
semblez bien triste et bien souffrant ce matin... J'imagine que les affaires du genre de
celle qui nous occupe en ce moment sont
trop familières à un ancien officier supérieur

pour que l'état douloureux où je vous vois
puisse être attribué à l'émotion inséparable
d'un duel?

Alfred tressaillit comme au sortir d'un
songe.

— Oui, oui, vous avez raison, Salviac,
dit-il avec un sourire amer, ce n'est pas la
crainte de la mort qui absorbe ainsi toutes
mes pensées. La mort ne serait pour moi que
la fin de cet insupportable martyre que je
souffre depuis que j'ai la conscience de moi-
même... La nuit dernière surtout, je me
suis livré à des réflexions lugubres et solen-
nelles. Avec cette lucidité que donne peut-
être le pressentiment mystérieux d'une fin
prochaine, j'ai embrassé d'un coup d'œil
l'histoire de mon passé et les vagues profon-

deurs de mon avenir, et j'ai été saisi d'épouvante. Il m'a semblé que j'étais comme le
batelier qui, après s'être épuisé en efforts
pour remonter un courant rapide, s'aperçoit
avec désespoir que le torrent l'emporte toujours en arrière. J'ai lutté, mais mes forces
sont à bout, et maintenant que je m'aban-
donne à la fatalité qui m'entraîne, je regarde
avec effroi l'écueil inévitable contre lequel je
vais me briser.

— Ami, répondit Édouard avec l'accent
d'une profonde sympathie, je crois vous
comprendre... cette passion que toutes les
circonstances tendent fatalement à exalter,
n'a pu étouffer dans votre cœur les instincts,
les préjugés peut-être de votre naissance, et
votre cœur est déchiré dans la lutte entre
vos croyances et vos sentiments. Réfléchissez

cependant, prince ; ce que vous appelez un écueil, c'est le bonheur peut-être !

— Je l'ai cru un moment, répliqua Alfred d'une voix sombre ; et cette nuit j'ai reconnu que je m'étais trompé. Les ombres menaçantes de mes nobles ancêtres me sont apparues et elles se sont placées entre moi et cette gracieuse image de jeune fille... Non, mon ami, je l'ai aimée trop tard ; l'homme mûr ne se modifie plus comme le jeune homme ! Quand je l'ai vue pour la première fois il n'était plus temps de revenir sur ces principes inexorables dont je poursuis l'application depuis que j'ai l'âge de raison. Je l'aime, et plus cet amour est énergique, aveugle, irrésistible, plus je me sens irrité contre les autres et contre moi-même ; j'ai parfois des accès de rage intérieure, et (jugez,

Édouard, du trouble de mon âme) il est des moments où cette jeune fille, si belle, si touchante, si héroïque, je voudrais apprendre tout à coup qu'elle a été emportée de ce monde, qu'elle a succombé au mal qui la dévore… j'en mourrais moi-même, je le sais, mais je rendrais pur à mes pères le nom illustre qu'ils m'ont laissé pour mon supplice.

Salviac le regardait avec des yeux humides où se peignait une pitié sincère.

— Vous devez être révolté de ce lâche égoïsme, continua le prince après un moment de silence; mais que peuvent des vœux impies contre les événements de ce monde? Elle vivra pour être belle, pour être admirée, pour être heureuse, et moi… moi, il ne me

reste qu'un espoir, c'est que le duel qui se
prépare me soit fatal.

— Prince, dit l'artiste avec réflexion,
vous êtes trop prompt à vous alarmer ; rien
ne prouve que des obstacles supérieurs à votre volonté...

—Des obstacles ! Oui, oui, il en est encore,
grâce au ciel ! Oui ; il y a encore ce père,
cet homme grossier, stupide, cruel, dont
j'évoque le souvenir lorsque l'image pure
et séduisante de cette jeune fille me poursuit
sans relâche. Jusqu'ici c'est lui qui m'a sauvé;
c'est lui dont la pensée a réveillé mon orgueil
assoupi, a donné une impulsion désespérée
à mon courage, lorsque déjà je me déclarais
vaincu... Mais mon dégoût pour lui peut ne
pas m'arrêter longtemps encore ! la conversion étrange de cet homme, que la nature et le

monde avaient fait méchant, et que l'exemple
des vertus de sa fille a rendu bon, a commencé
à toucher mon cœur. Hier, en l'entendant
s'exprimer avec tant de dévouement, d'abné-
gation, de tendresse paternelle, j'ai senti ma
haine et mon mépris pour lui se fondre peu à
peu. J'ai besoin d'un effort de volonté et d'i-
magination pour me le représenter aussi repoussant qu'il était autrefois, et si je n'avais
pas devant les yeux cette triviale personnifica-
tion de tous les instincts bas et vulgaires, je
pourrais peut-être... Oui, oui, Salviac ; je
vous répète que, pour mon honneur et pour
ma propre estime, il vaudrait mieux que je
tombasse aujourd'hui sous la balle de ce
vieux et loyal comte de Montreville !

— Le comte de Montreville ! répéta l'artiste, à qui ce nom fit oublier tout le reste ;

que dites-vous, monsieur le prince? Est-ce vraiment avec M. de Montreville que vous devez vous battre aujourd'hui?

— L'ignoriez-vous, Salviac? En effet, je me souviens que je ne vous avais pas encore nommé mon adversaire.

— J'avais d'abord un soupçon de la vérité, mais en y réfléchissant, j'ai cru m'être trompé... Il me semblait absurde à penser que le brave et généreux prince de Z... eût accepté un duel avec un ancien ami de sa famille, avec un vieillard de soixante-dix ans!

— Que voulez-vous, Salviac, j'ai fait tout ce qui dépendait de moi pour éviter cette fâcheuse extrémité; je me suis abaissé à la prière devant cet homme opiniâtre; il a été inflexible. J'avais d'autant moins de motifs de m'humilier devant lui que le sujet de la querelle était frivole et déraisonnable. Le comte, comme vous le savez, a conservé ces susceptibilités jalouses, ces raffinements pointilleux des gentilshommes d'autrefois ; convaincu que le sang seul pouvait laver un outrage prétendu fait à l'honneur de sa maison, il a exigé impérieusement une réparation éclatante, les armes à la main. J'ai compris que lui refuser cette satisfaction ce serait le jeter dans le désespoir, ce serait empoisonner ses derniers jours par la pensée que son nom aurait subi une souillure dont il n'aurait pas été tiré vengeance, et j'ai consenti, quelque lâme que doive attirer sur moi cette condescendance ; je devais ce sacrifice à celui qui fut l'ami de mon père.

— Et pour satisfaire aux caprices ridicules d'un pauvre vieillard aveuglé , dit

Salviac avec véhémence, vous allez risquer
de le tuer ou d'être tué par lui ?

Alfred fit un geste d'impatience.

— Fi donc ! Salviac, dit-il avec entraîne-
ment, je sais bien, moi, que je ne tuerai pas
le comte de Montreville !

L'artiste le regarda fixement ; le prince
comprit qu'il avait laissé échapper une
pensée qui aurait dû rester secrète, et il se
mordit les lèvres.

—Je vous comprends, monsieur le prince,
reprit Salviac, dont le visage s'éclaircit ; j'en-
trevois toute la générosité de votre conduite :
ne voulant pas faire éprouver au comte un
refus qui l'eût affligé profondément, vous ne
voulez pas néanmoins attenter à la vie de cet
imprudent vieillard, et, pendant qu'il diri-
gera franchement son arme contre vous,

vous ne vous servirez pas de la vôtre contre
lui. Cette conduite est noble, prince, mais
je ne puis, je ne dois pas m'y associer.

— Que voulez-vous dire, monsieur de
Salviac?

— Je veux dire que je ne consentirai jamais à être témoin d'un duel où les chances
ne sont pas égales, où l'un des adversaires
risque sa vie tandis que l'autre n'a rien à
craindre.

— Ne vous ai-je pas dit, Salviac, que ce
serait me rendre service que de me débarrasser du fardeau de l'existence?... Mais, de
grâce, n'abusez pas d'un aveu qui m'est
échappé et que le trouble de mes pensées explique si bien. Vous êtes le seul ami sur qui
je puisse compter; m'abandonnerez-vous au
moment où j'ai besoin de votre assistance?

— Et c'est parce que je suis votre ami que je ne vous laisserai pas exposer si gratuitement cette vie qui m'est précieuse ! Prince, arrêtons-nous ici, car je vous déclare que je n'irais au lieu du rendez-vous que pour m'opposer à ce duel, en prévenant le comte que vous n'avez pas l'intention sérieuse de vous défendre !

CHAPITRE XLVIII.

XLVIII

Cette discussion avait lieu dans le bois même, à quelque distance de la porte Maillot. A cette heure de la matinée et par ce temps sombre et humide, très-peu de voitures sillonnaient les avenues de la forêt fashionable. Cependant, un choc violent qui se fit sentir au fiacre dans lequel se trouvaient les deux amis, et qui fut suivi de jurements et de claquements de fouet, leur apprit qu'ils venaient d'être heurtés par une autre voiture.

Le sculpteur, malgré l'intérêt de la conversation, pencha la tête à la portière pour reconnaître la cause de cette rumeur, mais à peine se fut-il montré qu'un cri parti d'un cabriolet voisin dont le cocher à moitié ivre était l'auteur de cette maladresse, attira son attention. Au fond du cabriolet, qui devait aller fort vite à en juger par la violence du choc, se trouvait une femme en costume du matin, en bonnet de nuit, au visage pâle et bouleversé, qui n'était autre que madame Trichard, la portière de la maison Bambriquet. Salviac, ne pouvant supposer que cette

digne femme, qui avait remplacé Lapiquette
dans la plupart de ses attributions, se trouvât
en camisole et en cornette si loin de la rue
de la Santé, crut d'abord s'être trompé; mais
la voix criarde et bien connue de la portière,
qui s'éleva par-dessus les vociférations des
cochers, lui confirma la réalité de cette
étrange apparition.

— Ah ! monsieur de Salviac, s'écriait-elle
avec un accent particulièrement traînard et
plaintif, c'est Dieu qui vous amène sur mon
chemin... Seigneur, mon doux Jésus ! comment aurais-je fait sans vous ?

Tout en parlant, elle descendit péniblement du cabriolet, et elle courut à la portière
du fiacre où se trouvaient Édouard et le
prince. On put constater alors que la brave
femme était en jupon de dessous, ce qui,

joint au reste de la toilette, ne formait pas
une tenue précisément convenable pour une
promenade au bois de Boulogne. De plus,
elle avait un air égaré qui l'eût fait prendre
pour une folle.

— Ah ça! où diable allez-vous ainsi,
mère Trichard? demanda l'artiste en l'exa-
minant d'un air moqueur.

— Seigneur, mon Dieu! dit la pauvre
femme en fondant en larmes et en se tordant
les mains de désespoir, vous ne savez donc
pas la nouvelle? Vous n'allez donc pas avertir cette pauvre demoiselle Élisa?... Bonne
chère enfant! quel coup pour elle!... Elle
ne voudra pas y croire...C'est comme moi,
il me semble que c'est un rêve! et cependant
je viens de le voir pâle, sans mouvement,
tout couvert de sang!

– Cette femme a perdu la raison! interrompit Salviac avec impatience; de qui parlez-vous donc?

— Eh! de qui pourrais-je parler, sinon de ce bon vieux M. Bambriquet, qui a été assassiné cette nuit dans la rue de la Montagne, et à qui on a volé tout ce qu'il avait sur lui.

— Assassiné! répétèrent à la fois Moreau et Salviac.

— Sainte Vierge! il n'est que trop vrai... il était déjà froid quand on l'a apporté. La maison est pleine de gens de justice qui questionnent tout le monde et qui écrivent sur du papier... Un de ces messieurs m'a engagée à aller prévenir mademoiselle à la campagne, afin que ça ne lui fasse pas trop d'effet d'apprendre ce malheur subitement. Je ne

III.   16

voulais pas laisser la maison seule avec tant
d'étrangers; on vous a cherché, M. de
Salviac, pour vous charger de la commission; mais vous étiez déjà parti, et j'ai été
obligée de monter dans un cabriolet, faite
comme me voilà. Enfin, puisque je vous
trouve, vous et M. Moreau, je vous prie
d'avertir la bonne demoiselle Élisa, et je
m'en vais retourner à la maison, où l'on a
grand besoin de moi.

Edouard et le prince étaient stupéfaits. Ils
interrogèrent la portière éplorée sur les détails de cet épouvantable événement, et voici
à peu près ce qu'ils apprirent: Bambriquet
était sorti vers minuit de la maison de jeu
où il avait un intérêt important, et dont, sur
les instances de sa fille, il allait abandonner
la honteuse exploitation. Cette maison était

située sur un quai écarté, et pour revenir chez lui, le vieillard avait à traverser le quartier le plus désert et le moins sûr de Paris. Il était porteur de valeurs considérables ; mais l'habitude l'avait rendu si insouciant qu'il n'avait pas songé à se faire accompagner ou à prendre une voiture pour rentrer chez lui.

Arrivé dans une ruelle écartée, il avait été attaqué par deux hommes qui s'étaient rués sur lui et qui lui avaient arraché son portefeuille. L'ancien chiffonnier, en se débattant, les menaça de les dénoncer, car il les avait reconnus ; mais à peine eut-il prononcé cette parole imprudente qu'il fut frappé de deux ou trois coups de couteau. Une ronde de nuit était accourue au bruit et avait pu s'emparer des assassins. Quant à

Bambriquet, on l'avait conduit dans un corps de garde, mais il avait expiré quelques instants après avoir donné tous ces détails. Le matin on l'avait transporté chez lui, et on attendait avec impatience l'arrivée d'Elisa ou de quelqu'un chargé de la représenter. Il va sans dire que les deux hommes arrêtés comme les assassins de Bambriquet n'étaient autres que le soi-disant capitaine Saint-Julien et son digne acolyte Joli-Cœur.

Quels que fussent les torts passés de Bambriquet, sa fin malheureuse avait produit une profonde impression sur le prince et sur Edouard. Quand madame Trichard eut achevé son récit, avec force jérémiades, l'artiste se retourna vers son compagnon :

— Eh bien! prince, demanda-t-il, que faut-il faire?

— Aller prévenir cette pauvre enfant du malheur qui la frappe ! dit Alfred avec véhémence ! Dans l'état de souffrance où elle est, une pareille nouvelle pourrait lui être funeste... elle aura besoin de voir autour d'elle tout ce qui lui reste d'amis... Oh ! mon Dieu, continua-t-il à part lui, mes vœux impies lui auraient-ils porté malheur !

— Partons donc de suite, reprit Salviac précipitamment; qu'arriverait-il si cette fatale nouvelle nous avait devancés auprès d'elle ! Vous, madame Trichard, retournez promptement rue de la Santé... Faites prévenir M. Guillot, le notaire de votre maître défunt, afin qu'il se rende à la maison sur-le-champ, et je ne tarderai pas à m'y rendre moi-même.

La portière remonta dans son cabriolet,

dont le cocher heureusement avait cessé de
se quereller et voulut bien consentir à re-
brousser chemin ; Salviac indiqua au sien la
route qu'il devait suivre, et les deux voitures
roulèrent dans des sens opposés.

Le trajet fut silencieux jusqu'à Auteuil.
Le prince n'exprima qu'une seule des réflexions lugubres que lui inspirait ce terrible
événement.

— Pauvre jeune fille ! disait-il avec un
sombre désespoir, son père la déshonore par
sa mort, comme il l'a déshonorée par sa vie...
Demain tout Paris saura que l'ancien chiffonnier Bambriquet a été assassiné en sortant
d'un abominable tripot dont il était l'un des
propriétaires, et longtemps encore après lui,
son nom, le nom de cette noble et pure en-

fant, retentira dans les cours d'assises et jusqu'au pied de l'échafaud !

On arriva enfin à la maison de campagne :
tout y était calme et riant. En descendant
de voiture devant la grille, les deux amis
rencontrèrent le docteur X... qui venait de
faire sa visite du matin et qui regagnait d'un
air dispos son cabriolet.

— Bonjour, messieurs, dit-il avec cordia-
lité ; vous venez fort à propos pour apprendre de favorables nouvelles... Notre malade
va tout à fait bien ; je ne sais ce qui s'est passé
depuis hier, mais il s'est produit dans son
état une révolution des plus heureuses.

— Tant mieux, dit l'artiste d'un air triste,
elle aura besoin de force pour supporter le
malheur qui l'accable !

Le médecin le regarda avec étonnement.

— Monsieur le docteur, demanda Alfred, votre visite est-elle déjà finie?

—Oui, messieurs; je retourne à Paris, et...

— Veuillez attendre encore un peu de temps, monsieur le docteur, et revenir avec nous; il est probable qu'on aura encore besoin de vos services aujourd'hui.

Salviac lui apprit en deux mots ce dont il s'agissait; le docteur pâlit.

— Cette pauvre demoiselle Élisa n'y résistera pas, dit-il avec émotion, et c'est dans le moment où je concevais les plus belles espérances pour son rétablissement... Eh bien, je vous suis, messieurs; vous avez raison, ma présence est encore nécessaire ici.

Et tous trois remontèrent lentement l'avenue.

Élisa et Cécile étaient encore dans le petit

préau qui s'étendait devant la maison. Assises
toutes les deux sur le banc rustique, au pied
du grand oranger, qui ne donnait plus d'ombre, mais qui exhalait toujours ses parfums
délicieux, elles se serraient l'une contre l'autre, chuchotant et riant comme deux pen-
sionnaires, en regardant d'un air railleur les
trois hommes qui s'avançaient. Lorsqu'ils furent près d'elles, ils furent salués par des
rires joyeux.

— En vérité, messieurs, s'écria Cécile, on
a bien raison de dire que les jours se suivent
et ne se ressemblent pas! Hier vous êtes venus
dans une superbe voiture, et aujourd'hui il
semble que vous ayez choisi le fiacre le plus
laid, le plus sale qui ait jamais été traîné par
des rosses poussives! Élisa et moi nous ne

voulions pas croire que ce fût vous qui des-
cendiez de cet abominable sapin...

— Ne soyez pas si gaie, Cécile, murmura
son mari d'un ton qui la fit tressaillir.

Cependant, Élisa s'était levée et elle avait
accueilli les visiteurs avec une grâce et une
aisance parfaites.

— Je vois avec plaisir, monsieur le prince,
dit-elle en souriant, que vous tenez vos pro-
messes, et je vous en remercie; vous avez
bien besoin d'exactitude pour effacer votre
négligence passée, et voici mon bon docteur
vous dira que les distractions me font du

... Il me semble, continua-t-elle en jetant sur l'homme de science un regard bienveillant, que M. X..., tout fier de me trouver mieux ce matin, a voulu vous faire lui-
même les honneurs de ma maladie, et j'en

suis ravie, puisque j'ai la satisfaction de le voir un instant de plus.

Personne ne répondait à ce charmant babillage qui témoignait de tant de calme et de sérénité dans l'âme d'Élisa. Le prince restait debout et morne devant elle sans oser la regarder. Le docteur, au contraire l'examinait, avec un touchant intérêt comme s'il eût calculé ce que cette faible créature pouvait supporter de douleur. Salviac avait entraîné sa femme à quelques pas et lui parlait à voix basse; Cécile pleurait et semblait prête à s'évanouir. La jeune fille remarqua enfin tous ces signes alarmants.

—Messieurs, demanda-t-elle en se levant, qu'y a-t-il donc? vous semblez consternés. Mon Dieu, je tremble... hâtez-vous de me dire...

— Asseyez-vous, mon enfant, dit le médecin avec une douce autorité.

Elle obéit machinalement. Tout le monde gardait le silence ; le silence dans les circonstances pareilles est la meilleure de toutes les préparations.

— Mademoiselle, dit enfin M. de Z... d'une voix grave, n'éprouvez-vous pas quelque inquiétude de ne pas avoir encore vu votre père...

—En effet, il devrait être ici ; il est en retard ce matin... mais, monsieur le prince, pourquoi me faites-vous cette question? Serait-il arrivé quelque malheur à mon père?

Cécile, qui savait tout, ne put plus y tenir ; elle s'élança vers Élisa et, la prenant dans ses bras, elle l'embrassa en s'écriant:

— Pauvre amie ! pauvre amie !

La jeune fille chercha à se dégager de ses étreintes.

—Cécile, mes amis, s'écria-t-elle, vous ne m'avez pas expliqué... parlez-moi de mon père; où est mon pauvre père?

— Il est mort assassiné, dit une voix lugubre.

CHAPITRE XLIX.

XLIX

Élisa se redressa brusquement ; puis, sans prononcer un mot, sans pousser un cri, elle leva les yeux au ciel et elle retomba sans mouvement sur le gazon.

Le docteur ordonna qu'on la transportât

III. 17

sur-le-champ dans sa chambre; en un instant toute la maison fut en rumeur pour obéir à ses prescriptions. Salviac et le prince restèrent seuls dans le jardin, les yeux fixés vers l'endroit où la pauvre enfant était étendue un instant auparavant. Salviac dit enfin avec précipitation :

— Prince, il est important que j'aille sur-le-champ à Paris pour surveiller les intérêts de notre pauvre amie... Le docteur ne la quittera pas de la journée, et il m'a prié de prendre son cabriolet afin que je revienne plus vite. Et vous, que comptez-vous faire?

—Je reste, répliqua Alfred d'une voix sourde en s'asseyant sur le banc.

Édouard lui serra la main d'une manière significative, le salua d'un geste rapide et partit en courant.

Plusieurs heures s'écoulèrent pendant lesquelles le prince de Z…. fut immobile comme une statue. Il voyait aller et venir les gens de la maison, et il ne faisait pas un signe, il n'adressait pas une question qui pût donner la pensée qu'il prenait part à ce qui se passait près de lui. Le corps roide et droit, le visage pâle, l'œil terne et fixe, on eût cru que la vie l'avait abandonné. Cécile, qui l'avait aperçu d'une fenêtre, s'échappa pour lui apporter des nouvelles de la malade.

— Tout va bien, dit-elle, la crise est passée, et le docteur a bonne espérance… Notre pauvre Élisa supportera ce malheur affreux avec plus de courage qu'on ne l'avait pensé.

— Ainsi donc, demanda Alfred sans sortir de sa prostration effrayante, vous croyez qu'elle vivra ?

— Tout le fait espérer, mon cher prince : Élisa adorait son père ; mais il lui reste encore des affections sur la terre, et ces affections remplaceront celle qui lui manque si malheureusement !

Et elle ajouta avec distraction :

— Élisa a prononcé plusieurs fois votre nom dans son délire.

— Mon nom ! répéta le prince, qui reçut comme une secousse électrique.

Plusieurs voix appelèrent madame de Salviac dans la maison, et la jeune femme se hâta d'accourir. Le prince était retombé dans ses sinistres méditations, lorsque le galop d'un cheval dans l'avenue attira son attention. Il leva la tête et il reconnut un de ses domestiques qui, en l'apercevant, sauta à

bas de sa monture et s'avança vers lui respectueusement :

— Monsieur le prince, dit-il en lui pré-
sentant une lettre, voici un billet arrivé il y a
quelques instants de l'hôtel de Montreville, on
le disait très-pressé ; M. Duval ne savait comment vous le faire parvenir, lorsque M. de
Salviac est venu prévenir en passant que
vous étiez ici. M. Duval m'a expédié sur-le-
champ, et j'attends vos ordres.

Alfred prit le papier et rompit lentement
l'enveloppe. Le billet était de la main du
comte de Montreville ; il ne contenait que ce
peu de mots : « J'ai fait constater par des témoins et je dirai partout que le prince de Z...
est un lâche ! »

Alfred ne sourcilla pas, ses traits ne trahirent aucune émotion en recevant cette injure.

— Y a-t-il une réponse, monsieur le prince? demanda le domestique.

Alfred tira de sa poche un élégant carnet dont il arracha un feuillet, et il écrivit rapidement quelques mots au crayon. Puis il plia le papier et le remit au domestique :

— Pour M. de Salviac, sur-le-champ.

Le valet salua, sauta en selle et partit aussitôt.

Deux heures après, c'était Salviac à son tour qui arrivait à la villa au grand galop d'un cheval couvert d'écume et de sueur.

Il en descendit à la grille, devant le pavillon occupé par le jardinier, qui était en ce moment sur sa porte, et, sans demander des nouvelles d'Elisa, il s'écria d'une voix haletante :

— Le prince ! Gros-Pierre, M. le prince est-il encore ici ?

Le jardinier le regarda avec étonnement.

— Ma foi, monsieur, si vous voulez parler de ce grand monsieur qui a l'air si fier, il y a longtemps qu'il est parti.

— Et de quel côté est-il allé ?

— Il a renvoyé le fiacre qui était là à la porte, il a pris une boîte qui était dans la voiture... une belle boîte, ma foi ! toute dorée... et il est entré dans le bois.

— Viens, suis-moi, dit Salviac en entraînant le jardinier, qui obéit machinalement.

Édouard se dirigea d'abord vers le carre-

four du bois où avait dû avoir lieu le duel
d'Alfred et du comte de Montreville ; là ils
se mirent à chercher derrière les souches
d'arbres et les cepées, et ils ne tardèrent pas
à trouver un corps froid et inanimé.

C'était celui du prince, dont la poitrine
était traversée de deux balles ; ses pistolets déchargés étaient encore dans ses mains
crispées.

Voici ce que contenait le billet du malheureux Alfred : « Je ne veux pas que
« personne ait le droit de me traiter de lâche ;
« le comte de Montreville aura biéntôt la
« certitude que je ne crains pas la mort.
« Adieu. Dites à Élisa que l'épouser c'eût été
« mentir à toute ma vie, et que je l'eusse
« épousée, parce que je l'aime. Dites-lui que

« je l'aime!.. » Il y avait encore quelques mots, mais complétement illisibles.

Huit jours après, Élisa était morte; sa santé chancelante n'avait pu résister à tant de maux qui se succédaient coup sur coup.

La fille de l'ancien chiffonnier Bambriquet laissait un héritage de cent mille livres de rente qui, excepté un legs considérable qu'elle avait voulu faire à Cécile de Salviac, passa en entier à des parents de province dont son père ni elle n'avaient jamais su le nom.

Le principal était un vieux savetier que la fortune alla chercher dans une échoppe enfumée, et qui pensa mourir de joie en apprenant la nouvelle de cet événement.

Quant à la succession du prince, elle fut déclarée en faillite et répudiée par de nobles collatéraux. Les assassins de Bambriquet furent condamnés à la peine capitale et exécutés.

Lapiquette mourut à l'hôpital.

FIN D'UNE MAISON DE PARIS.

LE COMTE DE BONNEVAL.

CHAPITRE PREMIER.

LE COMTE DE BONNEVAL.

I

De tous les enfants du Limousin, aucun peut-être n'a eu l'existence plus excentrique, plus agitée, plus abondante en événements romanesques que le célèbre comte Alexandre de Bonneval. Né au château dont

il porte le nom, à quelques lieues de Saint-
Yrieix, d'une illustre famille alliée aux
Bourbons, il fut d'abord colonel du régi-
ment de Labour et servit honorablement
sous Catinat. Mais bientôt l'ardeur imprudente de son caractère, son indocilité aris-
tocratique, ses folies scandaleuses le brouil-
lèrent avec le dur et intolérant ministère
Chamillard, et il fut forcé de passer en Au-
triche, au service du prince Eugène, avec le
titre de major général. Là il chercha à faire
oublier son apostasie par des prodiges de
bravoure, et les fastes de l'histoire ont conservé le souvenir de ses talents militaires et
de son intrépidité, en Savoie, en Dauphiné,
en Flandre, et surtout à la terrible bataille
de Peterwaradin, où il décida de la victoire.
Mais ces exploits impies contre sa patrie ne

devaient pas lui porter bonheur ; poussé à bout encore une fois par la morgue et la hauteur du prince Eugène, il alla chercher plus de liberté et de tolérance dans un pays où l'on ne devrait pourtant guère s'attendre à la liberté et à la tolérance : il partit pour Constantinople, et se fit Turc.

Le sultan Mahmoud, qui régnait alors, l'accueillit magnifiquement. Le jour de son abjuration, Bonneval fut nommé pacha à trois queues et investi d'une foule de dignités barbares, dont la plus importante sans contredit était celle de *coumbardji - bacchi* (chef des bombardiers), qui lui donnait presque le commandement de l'armée de la Sublime - Porte. Le comte, dans son insouciance sceptique, s'accommoda d'abord facilement de sa nouvelle position ; il servit bra-

vement Mahmoud, comme il avait servi le
prince Eugène, comme il avait servi
Louis XIV; il porta le turban comme il avait
porté le tricorne galonné; il eut un sérail
nombreux et des esclaves; lui, le joyeux
étourdi de Versailles, le colonel tapageur des
bruyantes garnisons françaises, il se résigna
à faire toute la journée ses prières et ses ablu-
tions, comme un bon et dévot musulmàn,
et pour couronner l'œuvre de cette éton-
nante conversion, il écrivit un livre sur la
religion mahométane. Il était impossible de
pousser plus loin la haine de la civilisation
européenne.

Mais à la mort de Mahmoud, la faveur
dont jouissait Bonneval à la cour de Constantinople commença à décliner. Achmet -
Pacha, c'était le nom qu'il avait pris depuis

son abjuration, fut relégué par le nouveau
sultan dans son pachalik à l'extrémité de la
mer Noire, et là, pendant plusieurs années, il
eut le temps de réfléchir sur les inconvé-
nients et les ennuis de la grandeur en Turquie. Rappelé enfin, pendant la campagne
de 1739 contre les Impériaux, il se retrouva
un moment dans son élément favori, et ses
talents stratégiques, sa brillante valeur rendirent de grands services aux Othomans au
siége de Belgrade. Par malheur la paix fut
bientôt faite et le coumbardji - bacchi dut
retomber dans cette oisiveté contemplative
qui convenait si peu à son caractère et à
ses goûts.

En 1745, Bonneval était déjà bien vieux.
Retiré dans un antique château d'architecture grecque qu'on voit encore à une lieue

de Constantinople, son activité et son impatience d'esprit s'exerçaient dans ces intrigues de sérail si sombres, si périlleuses et qui finissent si souvent par des têtes coupées ou des prisons perpétuelles ; déjà même, sur de simples soupçons qui s'étaient élevés contre le pacha, on avait parlé d'une disgrâce prochaine ; on l'accusait de tiédeur dans la religion mahométane, on disait qu'il voulait s'enfuir en France et livrer les secrets de l'empire aux ennemis du sultan. Le noble renégat n'ignorait pas ce que valent de pareilles inculpations auprès de la Sublime-Porte, et il s'attendait chaque jour à quelque catastrophe.

Par une belle soirée de cette même année 1745, Achmet se promenait mystérieusement dans le magnifique jardin de son château avec un étranger qui semblait chercher à éviter les regards. C'était l'heure où le muezzum appelle les croyants pour la dernière fois de la journée à la prière. Le soleil se couchait en faisant étinceler les dômes dorés de Constantinople qu'on apercevait dans le lointain. Un grand silence régnait dans les allées sombres d'ifs et de palmiers que parcouraient les promeneurs.

Achmet marchait lentement, enseveli dans des réflexions profondes. L'âge et les ennuis de tous les genres avaient bien changé le vif et sémillant officier général qui avait tant occupé la renommée. Sa haute taille était courbée; la longue barbe qui tombait sur sa poitrine avait la blancheur de la neige; la pelisse fourrée dont il était revêtu par-dessus sa veste de brocart broché d'or attestait ces infirmités qui sont les suites des fatigues de la guerre. Sa main, toute chargée de diamants, tenait une canne précieuse sur laquelle il s'appuyait pesamment. Cependant, malgré cette apparence maladive, on voyait encore dans ses yeux pleins de feu, dans l'expression animée de son visage, que l'affaiblissement du corps n'avait rien fait perdre à l'âme de son ancienne énergie.

Son compagnon se faisait reconnaître pour un juif à son costume noir, à son bonnet jaune et surtout à cet air de cupidité et d'astuce qui semble être le caractère primitif de sa nation. Il suivait respectueusement le pacha, et tout dans sa démarche, dans son maintien, dans ses paroles, exprimait la plus grande humilité.

Ils arrivèrent à un élégant kiosque situé

dans le lieu le plus isolé du jardin. Le pacha s'assit sur le divan et fit signe au juif de prendre place près de lui.

« Ici, dit-il, nous ne risquons pas d'être écoutés. D'ailleurs personne ne t'a vu entrer par la porte secrète dont seul j'ai la clef. »

Le juif s'inclina.

« Eh bien, Ismaël, reprit Achmet, quelles nouvelles m'apportes-tu du sérail ? Toi, simple marchand de Galata, qui peux pénétrer quand il te plaît auprès des femmes du sultan, tu en sais plus sur les intrigues de la cour que moi, pacha et grand dignitaire de l'empire du Croissant. »

Ismaël prit le ton important d'un homme qui va annoncer quelque grand événement.

« Zulmé, l'odalisque dont tu as fait cadeau au harem du sultan, répondit-il, a dansé

hier devant Sa Hautesse, et Sa Hautesse a
été contente. »

Achmet arracha un des brillants qui
couvraient ses doigts et le présenta au juif
avec des transports de joie.

« Tiens, lui dit-il, voilà pour ta bonne
nouvelle. Et Fatima, la sultane favorite,
mon ennemie, qu'a-t-elle dit, bon Ismaël ?

— Fatima a pâli ; mais Sa Hautesse n'y a
pas fait attention.

— C'est Zulmé qui deviendra favorite ! s'é-
cria le pacha en frappant des mains, sois-en
sûr, Ismaël, et alors les vizirs seront changés
et j'aurai un appui auprès du sultan ! Zulmé
ne sera pas ingrate ; elle se souviendra qu'elle
m'aura dû sa fortune, et je pourrai ouverte-
ment accomplir mes projets.

— Qu'il soit ainsi ! dit le juif d'une voix mielleuse. »

Tous les deux gardèrent un moment le silence. Le pacha était devenu rêveur, et son compagnon n'osait l'interrompre par respect.

« N'importe ! reprit Achmet, il ne faut pas oublier de faire nos préparatifs à tout événement. T'es-tu assuré d'une barque ?

— Oui, seigneur, elle est dans le port, tout près de ma maison, et j'ai commencé à y faire transporter des vivres. Dans deux jours elle sera prête.

— Et le pilote ?

— Un vieux renégat qui a été marin vous conduira jusqu'à Malte.

— C'est bien. Je trouverai des rameurs parmi les esclaves français et allemands que j'amènerai avec moi. Vienne un bon vent,

Ismaël, une nuit bien sombre, et, grâce à tes soins, je pourrai planter là le sultan et tous ses lâches conseillers! »

Puis s'apercevant qu'il venait de parler avec une liberté un peu audacieuse, il attacha sur le juif un regard soupçonneux. « Je suis bien sûr de toi au moins! lui dit-il. Tu sais, Ismaël, que si tu me sers fidèlement je te rendrai plus riche qu'aucun marchand d'étoffes du faubourg de Galata; mais si tu me trahis, ajouta-t-il en baissant la voix, il me restera bien toujours un moment pour aller te loger une balle dans la tête; et sois convaincu que je n'y manquerai pas. »

Ismaël pâlit. Mais il jura par son père et sa mère que le pacha n'avait pas de serviteur plus fidèle et d'ami plus dévoué que lui. Achmet parut rassuré.

« Et l'esclave que je t'ai demandé, dit-il, pour dérouter les espions qui épient toutes mes démarches et celles des gens de ma maison, y as-tu songé?

— Oui, seigneur, répondit le juif encore tout tremblant, il est là, à la petite porte du jardin, où il attend vos ordres. C'est un Français.

— Fais-le venir. »

Ismaël sortit du kiosque et revint un moment après avec l'esclave qu'il avait annoncé. C'était un jeune homme d'environ vingt-cinq ans, fort et vigoureux, dont les traits exprimaient une candeur naïve.

Ismaël lui fit signe qu'il devait s'agenouiller et attendre qu'on lui adressât la parole. Il obéit en silence. Achmet le regarda curieusement.

« Comment te nommes-tu ? dit-il en français. — Cadet Blanchard, répondit l'esclave. — De quelle province ? — Du Limousin. »

Le pacha s'élança de son divan et vint lui serrer cordialement la main. «Tu es l'homme qu'il me faut! » s'écria-t-il.

Puis il ajouta en se tournant vers le juif : « Ismaël, tu reconnaîtras cet esclave. C'est lui qui se présentera désormais de ma part dans ta maison et qui t'apportera mes ordres.

— Mais, seigneur, dit Ismaël avec timidité, tu ne sais pas encore...

— Cet esclave a toute ma confiance, » reprit le pacha avec chaleur.

Il fit un signe; Ismaël prit humblement congé et sortit par la porte secrète sans être aperçu. Alors le pacha passa familièrement son bras sous celui de Blanchard et l'entraîna dans le jardin. « Parle-moi du pays, dit-il, et surtout des Bonneval. »

CHAPITRE II.

II

Cadet Blanchard, le nouvel esclave du coumbardji-bacchi, était un jeune homme, simple par état et par éducation, qui convenait parfaitement au rôle tout passif que le pacha se proposait de lui faire jouer. Chaque

soir, à la brune, il sortait revêtu d'un costume
turc qui le rendait méconnaissable, par la petite porte du jardin. Il se rendait à pied à
Constantinople chez le juif Ismaël, auquel il
apportait les messages d'Achmet, puis il venait rendre réponse de vive voix au pacha,
qui l'attendait toujours avec impatience.

La grande fête du Rhamadan approchait,
et le coumbardji–bacchi se préparait à la cé-
lébrer solennellement dans son sérail. Il avait
invité à un somptueux festin le séraskier, le
bostangi-bacchi et quelques autres grands of-
ficiers qui lui étaient encore attachés malgré
sa défaveur imminente; et tout le monde, au
château, semblait absorbé par les préparatifs
de cette pompeuse réception.

La veille au soir, le pacha se rendit à un
pavillon isolé où logeait Cadet Blanchard. Il

était pâle et agité, et il portait sous le bras une cassette qui semblait contenir des effets précieux. « Écoute, lui dit-il, tu vas te rendre chez le juif Ismaël. Tu lui remettras cette cassette, et tu lui diras qu'il faut que tout soit prêt pour la nuit de demain. Reviens vite, car le temps presse. »

Blanchard n'était pas habitué à recevoir plus d'explications sur les ordres brefs et souvent obscurs qu'on lui donnait. Aussi, bien qu'il servît d'intermédiaire dans toutes ces menées, personne n'avait moins que lui le secret de l'entreprise dont il était le principal agent. Il savait seulement qu'il s'agissait de la vie et de la liberté de son maître. Il partit donc pour remplir sa commission. A son retour il trouva Achmet qui l'attendait, comme d'ordinaire.

« Eh bien, demanda-t-il avec empressement, que t'a dit Ismaël? — Il vous obéira,
répondit l'esclave. — Et la cassette? — Je
l'ai remise exactement, reprit Blanchard. »
Puis il se rapprocha mystérieusement du pacha. « Tenez, monseigneur, ajouta-t-il, ne
vous fiez pas trop à cet Ismaël. Il a ouvert la
cassette devant moi et elle était toute pleine
d'or et de diamants. Si vous aviez vu alors
comme ses yeux brillaient.

— Crois-tu qu'il pourrait me trahir? s'é-
cria le pacha. Oui, tu as raison ; une âme de
juif, une âme vénale! Et moi qui lui ai confié toute ma fortune ! Qui sait si pour se l'ap-
proprier... »

Il frappa du pied avec impatience.

« N'importe ! dit-il, il faut maintenant
que je me fie à cet homme, quels que soient

les soupçons qui s'élèvent contre lui ; il est ma dernière espérance ! Et il ne t'a rien dit ? ajouta-t-il tout pensif.

—Il m'a dit encore, reprit l'esclave en rassemblant ses souvenirs et en répétant les mots un à un comme un enfant qui récite sa leçon, il m'a dit que l'oiseau qui chante a vaincu l'oiseau qui ne fait que voltiger dans les buissons. »

Cette phrase toute inintelligible pour celui qui la rapportait, parut faire une impression profonde sur Achmet.

« Ainsi donc, murmura-t-il comme s'il se parlait à lui-même, cette fatale nouvelle se confirme : Zulmé n'a pu lutter pour le chant avec Fatima, et Fatima restera favorite ; elle se grandira encore par la défaite de sa ri-

vale. Maladroite Zulmé, qui ne sait pas chan-
ter ! ajouta-t-il avec dépit.

— Et que vous fait cela, monseigneur ?
demanda naïvement Blanchard.

— Dieu veuille, mon ami, répondit le pacha en secouant la tête, que tu ne le saches
pas bientôt. »

Le lendemain les seigneurs musulmans
qu'Achmet avait invités étaient réunis au
château. Un magnifique repas à la française
était servi dans une vaste salle entourée
d'arcades ouvertes qui donnaient sur le jardin. Pendant que des esclaves chargeaient
les tables des mets les plus variés et les plus
délicats, d'autres répandaient des eaux de
senteur sur le pavé en mosaïque ; des né-
grillons qui tenaient à la main de grands
éventails de plumes de paon les agitaient de

temps en temps pour rafraîchir l'air que res-
piraient les convives. Des femmes du sérail
jouaient de plusieurs instruments et chan-
taient en diverses langues pour les égayer :
c'était une fête orientale avec toute cette pro-
fusion et cette splendeur voluptueuse qui plaisent tant aux enfants énervés du prophète.

Les graves personnages qui étaient pour
un moment les hôtes du pacha gardaient le
silence pendant le repas, selon l'usage des
Turcs. Cependant, vers la fin, les langues
commencèrent à se délier ; le plaisir anima
tous ces visages austères, et quelques verres
d'un vin délicieux que le coumbardji-bacchi
fit servir aux moins fanatiques achevèrent de
disposer l'assemblée à la gaieté.

En ce moment, des cris se firent entendre
dans le château. Bientôt des femmes en pleurs

et les esclaves qui étaient chargés du service extérieur se réfugièrent avec précipitation dans la salle du festin en donnant des signes d'effroi. Les chants et les danses cessèrent tout à coup.

« Qu'y a-t-il donc? » demanda le pacha en élevant la voix.

Personne ne lui répondit; mais un homme richement vêtu, à la figure froide et impassible, parut sur le seuil de la porte. Il tenait à la main un long cordon de soie verte, pourvu de glands d'or aux deux extrémités.

A sa vue tous les visages se couvrirent d'une pâleur mortelle. On venait de reconnaître dans ce personnage un de ces terribles muets qui apportent aux disgraciés du sultan l'instrument de leur supplice. Les convives se regardèrent en frémissant, et ils semblaient se demander à qui était destiné ce redoutable cordon : telle est la sécurité sous ce gouvernement despotique que personne n'osait penser que ce ne fût pas à lui.

Le muet tira bientôt l'assemblée de cette pénible incertitude. Après avoir hésité un moment sur le seuil de la porte, il s'avança lentement dans la salle au milieu d'un grand silence et vint déposer respectueusement le cordon aux pieds du pacha. Ses hôtes respirèrent.

« Merci de la préférence ! » s'écria le pacha en français.

Et il lâcha dans la même langue quelques jurons énergiques qui rappelaient ses habitudes militaires. Cependant il prit le cordon, le baisa et le plaça sur sa tête en signe d'obéissance, suivant le cérémonial usité en pareil cas. Le muet lui fit signe qu'il avait une journée pour se préparer à la mort, puis il se leva et disparut comme une funèbre vision.

Alors les sanglots et les cris recommencèrent parmi les gens d'Achmet. Ce n'étaient que lamentations, larmes, soupirs et plaintes en mille idiomes différents. Les convives seuls se taisaient et déjà semblaient désirer avec ardeur d'être loin de la maison du paria. Bientôt le bostangi-bacchi, qui était le plus important de tous, se leva de table et s'approcha de son hôte :

« Dieu est grand, lui dit-il d'un ton sentencieux. Puisse Mahomet te recevoir dans son paradis! »

Il fit signe à ses esclaves de le suivre et il sortit. Ce départ fut le signal de la désertion de tous les autres. Chacun s'approcha à son tour du pacha et lui adressa ses adieux avec la même impassibilité stoïque.

« Que les houris te comblent d'une félicité éternelle ! dit l'un d'eux.

— Puisse ton âme traverser heureusement le pont, qui est étroit comme une lame de sabre ! ajouta un autre.

— Et que mille millions de diables vous tordent le cou pour vos souhaits ! » s'écria le pacha quand ils furent tous sortis.

Il oublia en ce moment sa réserve ordinaire devant les gens de sa maison. Il se promenait avec agitation dans la salle en froissant entre ses doigts le fatal cordon.

« Ainsi donc, disait-il avec colère, je n'aurai évité la mort tant de fois dans les batailles que pour en venir à m'étrangler moi-

même au premier caprice de ce Turc imbé-
cile ? Moi, allié à la famille royale de
France, je n'aurai résisté aux hommes les
plus puissants de l'Europe que pour obéir,
comme un niais et un fanatique, aux ordres
de ce despote ridicule ! »

Il aperçut en ce moment Cadet Blanchard,
qui, attiré par ce tumulte extraordinaire, était
venu se mêler à la foule des esclaves. Il l'entraîna dans un coin et ordonna du geste aux
autres spectateurs de s'éloigner.

« Tu vas aller à l'instant même chez Ismaël, lui dit-il et tu lui annonceras que tout
doit être prêt pour la nuit prochaine. »

L'esclave, sans répondre, se prépara à
obéir. On vint annoncer au pacha que des
janissaires gardaient toutes les avenues du
château et empêchaient de sortir personne.

« Le sultan se défie de mon obéissance, répondit Achmet, et il a raison. Mais on ne peut avoir connaissance de la petite porte du jardin. Hâte-toi, pendant qu'il en est temps encore. »

Il le conduisit jusqu'à l'issue secrète; elle n'était pas encore gardée, et Blanchard s'échappa en cachant dans sa ceinture une paire de pistolets que son maître lui avait remis pour sa défense.

« Que tous les saints de son pays le protégent, dit le pacha en le voyant s'éloigner; si le juif est un traître, rien ne pourra me sauver ! »

CHAPITRE III.

III

Cette funeste prévision n'était que trop
vraie. Ismaël n'avait pu résister à la tentation de s'emparer des valeurs immenses qui
lui avaient été confiées, et c'était lui qui
avait provoqué la disgrâce du pacha en fai-

sant connaître au sultan ses projets de fuite.

Deux heures à peine s'étaient écoulées depuis le départ de l'esclave, quand un coup
de feu retentit à quelque distance du château.
Achmet, qui était tout proche, s'élança vers
la petite porte et l'ouvrit. Blanchard, hors
d'haleine, couvert de poussière et de sueur,
se précipita dans le jardin. A peu de distance derrière lui, on voyait un janissaire
qu'il venait de renverser mort, et quelques
autres soldats du même corps le poursuivaient
avec de grands cris. La porte se referma
brusquement avant qu'ils eussent pu l'atteindre.

« Malheureux! qu'as-tu fait! » dit le
coumbardji-bacchi.

Blanchard tomba épuisé sur le gazon.

« Monseigneur, dit-il d'une voix faible,

tout est perdu; la maison du juif était remplie de soldats, et je suis revenu en toute hâte pour vous prévenir. J'ai trouvé en approchant d'ici ce janissaire qui me barrait le passage, il a bien fallu m'en débarrasser.

— Mais sais-tu bien, reprit le pacha avec consternation, que le meurtre d'un janissaire est un crime irrémissible? Sais-tu bien qu'au temps même de ma plus grande faveur j'aurais eu de la peine à te sauver de la vengeance qui te menace?

— Eh bien donc, monseigneur, dit l'esclave avec résignation en se levant, nous mourrons ensemble; car il n'y a plus d'espérance ni pour vous ni pour moi. »

Achmet lui pressa affectueusement la main. « Tu es un brave et digne garçon, dit-il; et je te jure que si nous nous tirons

l'un et l'autre de ce mauvais pas, je me sou-
viendrai de tes services.

— Il n'y faut plus songer, monseigneur,
répondit Blanchard. »

D'effroyables hurlements retentissaient
aux alentours du château. La nouvelle de la
mort du janissaire s'était rapidement pro-
pagée parmi ses compagnons, et cette sol-
datesque effrénée se répandait en mena-
ces et en malédictions. On attaqua les portes,
qui avaient été fermées à la première alerte;
des coups de fusil se répétaient dans la campagne comme des signaux. Bientôt même
on aperçut quelques-uns des plus forcenés
qui apportaient des échelles enlevées aux
maisons du voisinage, pour escalader les
murailles. On vint en toute hâte en porter
la nouvelle au pacha.

« Ah ! il s'agit d'un assaut, s'écria-t-il avec une sorte de gaieté, eh bien ! nous défendrons la place ; et puisqu'il faut mourir, nous mourrons du moins les armes à la main. Cela vaudra toujours mieux, continua-t-il en regardant Blanchard, que de s'étrangler soi-même ou d'être étranglé par le bourreau. »

Il entra dans la salle où tous ses gens étaient réunis. « Mes amis, dit-il, ce n'est plus seulement à moi qu'on en veut, mais aussi à vous tous. Consentirez-vous à être égorgés sans résistance? »

Nous avons déjà dit que les esclaves du pacha étaient pour la plupart des Français et des Allemands, qui devaient l'accompagner dans sa fuite, et qui n'avaient d'espérance qu'en lui. Presque tous s'écrièrent

avec courage : « Nous nous défendrons !
nous nous défendrons !... »

Le tumulte croissait toujours. Le pacha
fit retirer les femmes dans un endroit écarté
où elles devaient être à l'abri des premiers
transports des janissaires, s'ils parvenaient à
s'emparer du château. Chacun s'arma comme
il put, et on se dirigea vers la partie du jardin où l'on faisait mine d'escalader les murailles.

Blanchard prit son maître à part.

« Monseigneur, lui dit-il les larmes aux
yeux, il est inutile que tous ces malheureux
périssent pour un meurtre dont je suis seul
coupable. Retenez-les ; moi, je vais me livrer
aux janissaires : cela, sans doute, les apaisera.

— Non pas, non pas, répondit le pacha ;
tu ne connais pas ces Turcs, mon pauvre

Blanchard; ils commenceraient par te mettre en pièces, et puis ils ne massacreraient pas moins tout ce qui est dans le château.

— Mais, monseigneur…

— Je ne veux pas sacrifier inutilement un digne garçon comme toi, reprit Achmet d'un ton affectueux. Si tu meurs, je veux que ce soit avec moi. »

Déjà plusieurs janissaires paraissaient sur la muraille, des balles sifflèrent de part et d'autre; le combat était engagé.

Tout à coup, sans qu'on pût en deviner la cause, ceux qui avaient tenté l'escalade re-descendirent de leur poste élevé; les cris cessèrent parmi les soldats; les coups de feu s'arrêtèrent; tout redevint calme aux environs du château, et en même temps un de ceux qui gardaient la porte principale vint annon-

cer que plusieurs seigneurs turcs, qui semblaient se présenter avec les intentions les plus
bienveillantes, demandaient à parler au pacha de la part du sultan. Achmet craignit
d'abord un piége ; mais il apprit bientôt que ces
visiteurs étaient l'aga des janissaires, le bostangi-bacchi, le séraskier et plusieurs autres
de ses convives du matin. Il donna ordre
qu'on leur ouvrît et il les reçut dans le vesti-
bule au milieu de ses gens, qui n'avaient pas
déposé leurs armes.

Les nouveaux arrivés abordèrent le pacha
avec une politesse et un air gracieux qui lui
parurent du plus favorable augure.

« Que Dieu conserve les jours du magnifique pacha Achmet ! dit le bostangi-bacchi
en lui pressant affectueusement la main.

— Puissent les bénédictions du prophète se répandre sur lui pendant de longues années ! dit un autre en baisant le bas de sa robe.

— Gloire et bonheur au favori du sublime sultan ! ajouta un troisième en s'inclinant jusqu'à terre.

— Que diable signifie tout ceci ! s'écria Achmet, qui, dans le désordre de ses idées, n'en était pas encore revenu à son rôle de pacha.

Le bostangi-bacchi prit des mains d'un officier du palais qui l'accompagnait un superbe cafetan dont il revêtit son ancien ami ; puis il lui fit signe de s'agenouiller pour recevoir la lettre qu'il lui apportait de la part du sultan. Cette lettre était ainsi conçue :

« Le très-haut, très-sublime, etc., etc., à son fidèle serviteur et ami Achmet-Pacha, coumbardji-bacchi.

« Le présent que tu nous as fait en nous donnant la belle Zulmé, aux pieds de gazelle, notre bien-aimée sultane nous a été très-agréable. Nous ne voulons pas croire que tu aies eu l'intention d'abandonner notre service et celui de notre empire éternel pour retourner dans ton pays; nous savons quels sont les méchants qui nous avaient trompés, et nous les recherchons pour les punir. Nous voulons donc te conserver nos bonnes grâces, et en témoignage nous t'envoyons ce cafetan. Il n'y a point d'autre dieu que Dieu, et Mahomet est son prophète. »

Tous les assistants s'étaient prosternés la

face contre terre. Zulmé triomphe bien à propos, pensa le coumbardji-bacchi.

Quelques jours après, Cadet Blanchard allait s'embarquer sur un navire français qui se rendait à Bordeaux. Achmet-Pacha, qui était rentré en grâce, vint l'acompagner jusqu'au port. Arrivé à la chaloupe qui attendait Blanchard, son ancien maître l'embrassa avec bonté en lui disant adieu.

« Et vous, monseigneur, demanda le jeune homme, ne viendrez-vous jamais revoir votre terre natale et le château de vos ancêtres ?

— Jamais, répondit le pacha avec tristesse.

— Que dirai-je à votre famille ?

— Tu lui diras, répliqua-t-il d'un air méditatif, qu'il n'y a pas en Turquie d'esclave plus malheureux que le pacha de Bonneval ! »

Deux ans après (1747), le comte mourut à l'âge de soixante-douze ans. Son tombeau se voit encore à Galata.

FIN DU TROISIÈME ET DERNIER VOLUME.

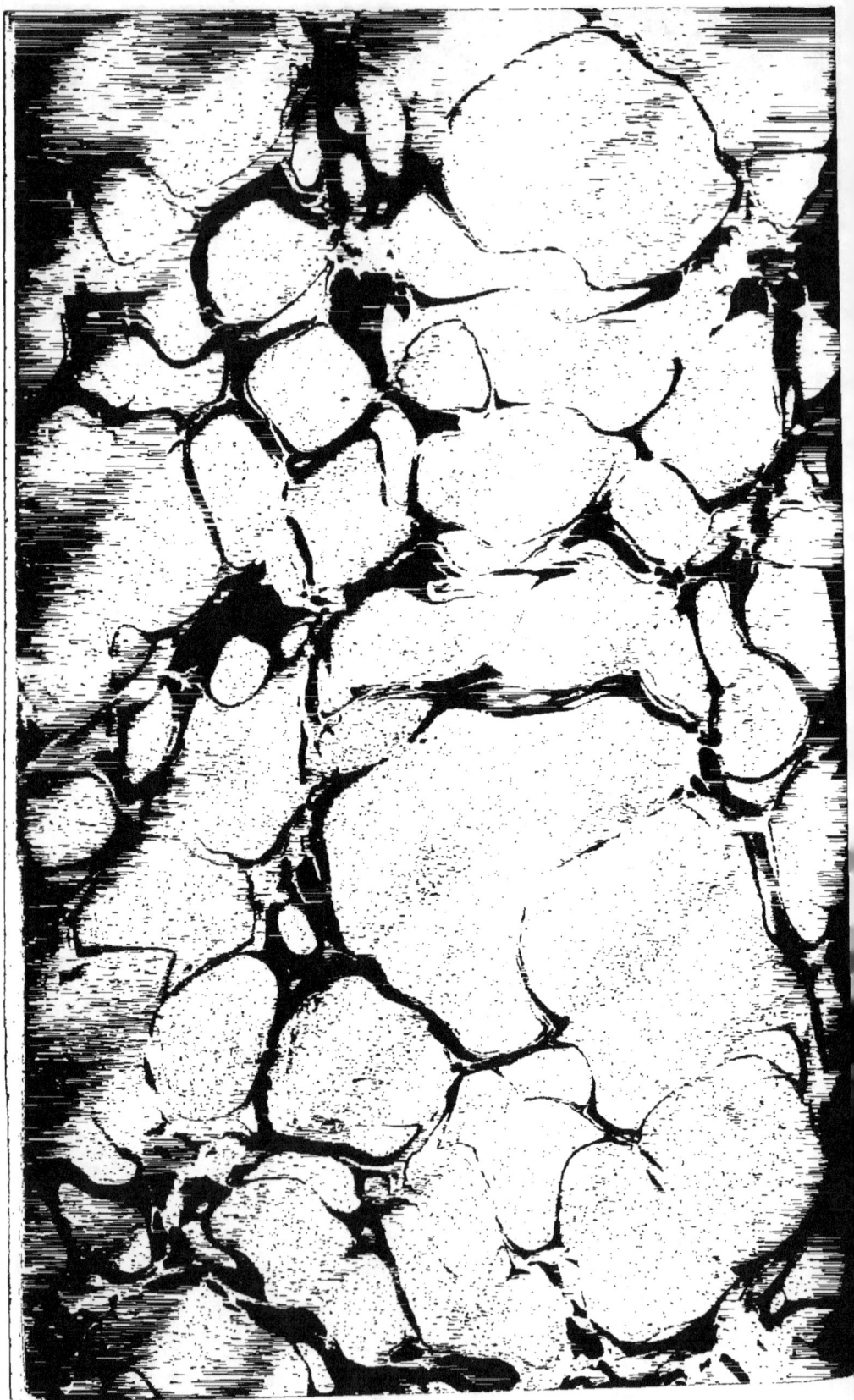

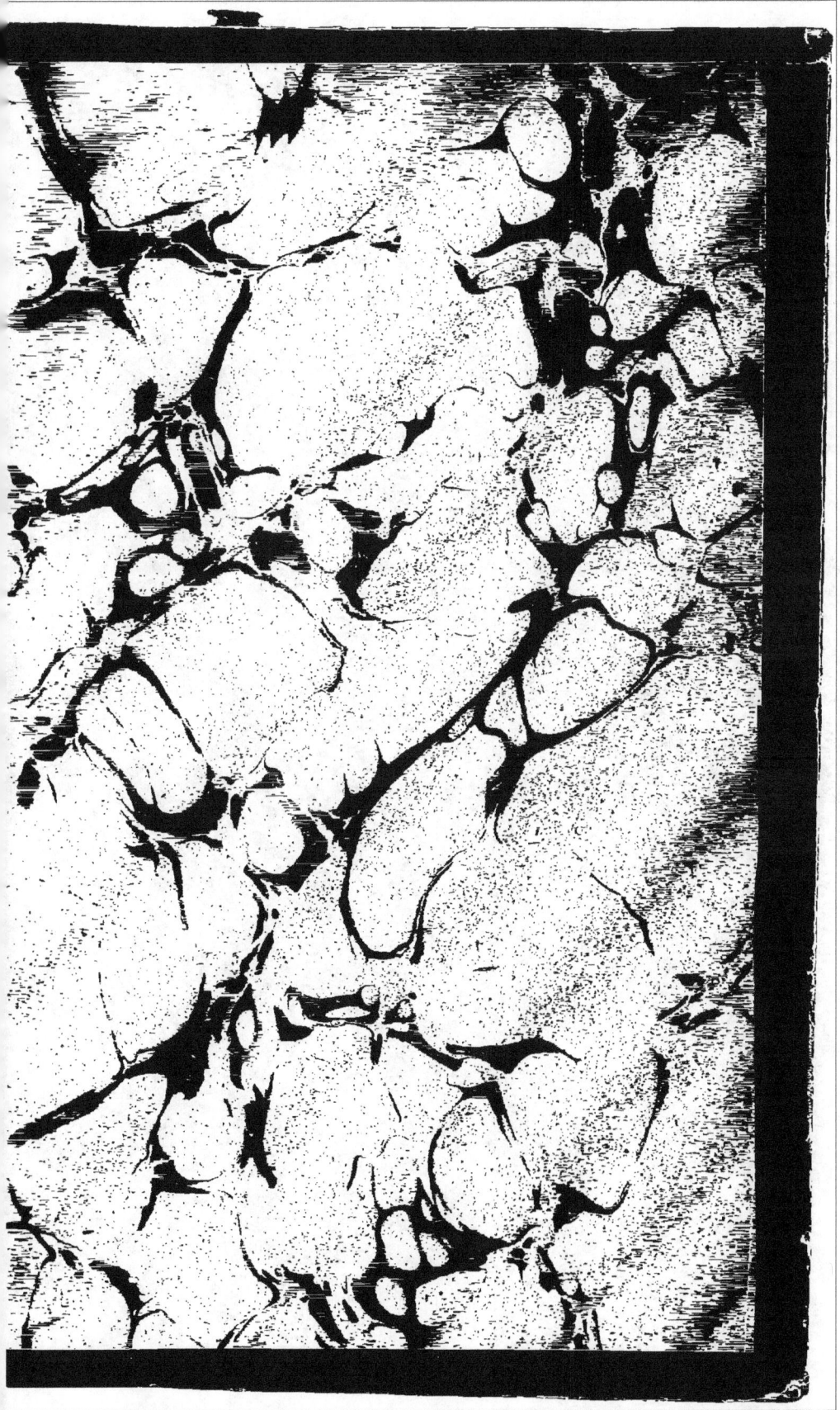

www.ingramcontent.com/pod-product-compliance
Lightning Source LLC
Chambersburg PA
CBHW070213030726
47505CB00006B/1670